KB121237

로크미디어가
유혹하는
재미있는 세상

ROK
MEDIA
로크미디어

아이템
매니아

아이템 매니아 3

2017년 8월 1일 초판 1쇄 인쇄
2017년 8월 8일 초판 1쇄 발행

지은이 오메가쓰리
발행인 이종주

기획 팀 이기헌 왕소현
책임 편집 최이슬

발행처 (주)로크미디어
출판등록 2003년 3월 24일
주소 서울시 마포구 성암로 330 DMC 첨단산업센터 3층 314호
Tel (02)3273-5135 **Fax** (02)3273-5134
홈페이지 rokmedia.com **E-mail** rokmedia@empas.com

ⓒ 오메가쓰리, 2017

값 8,000원

ISBN 979-11-294-0477-0 (3권)
ISBN 979-11-294-0457-2 04810 (세트)

아이템 매니아

3

오메가쓰리 퓨전 판타지 장편소설

ROK
MEDIA

로크미디어

contents

Chapter 1

　정훈의 어마어마한 물량 공세는 120일이 걸릴 발전 시간을 고작 1시간으로 단축시켰다.

　저택 내부엔 요리실, 연금술사의 실험실이, 외부엔 약초 재배실, 광맥 동굴, 그리고 대장간과 여관이 들어섰다.

　처음엔 관리도 안 되고 조금은 황량해 보이던 저택이 호화로운 모습으로 바뀌는 건 순식간이었다.

　한계 레벨까지 발전한 생산 공방은 단지 외형만 그럴듯하게 변한 게 아니라 특수한 효과를 부여했다.

　-요리실 : 추가 숙련도 상승률 10퍼센트, 완성된 요리 효과 20퍼센트 상승.

-약초 재배실 : 약초 재배 시간 50퍼센트 단축, 수확 시 1.5배 획득 확률 10퍼센트 증가.

 -연금술사 실험실 : 배합 실패 확률 20퍼센트 감소, 유일 등급 물약 레시피 일부 제공.

 -광맥 동굴 : 광물 생성 속도 1.5배 증가, 고급 이상의 광물 발견 확률 15퍼센트 증가.

 -대장간 : 대성공 확률 10퍼센트 증가, 유일 등급 이상의 제작법 일부 제공.

 -여관 : 모든 생산 공방의 추가 숙련도 상승률 5퍼센트 증가, '유능한' 관리인 고용 가능.

 6개 공방 중 가장 중요한 곳을 꼽으라면 여관이다.

 추가 숙련도 상승률 하나만으로도 충분히 제 역할을 다했다 볼 수 있으나 그보다 더 중한 건 관리인 고용이었다.

 각 공방은 집사 알프레도와 같은 관리인을 둘 수 있는데, 고용된 관리인은 각종 추가 효과와 편의성을 제공한다.

 특히 지금의 여관은 한계 레벨인 10에 달한 곳. 기존보다 좀 더 유능한 인물들을 고용할 수 있었다.

 '우선은 그걸 먼저.'

 모든 일에 순서가 있듯 정훈도 머릿속에 그려 놓은 계획에 따라 움직였다.

 가장 먼저 해야 할 일을 떠올리며 약초 재배실로 이동했다.

"자연의 품에 온 것을 환영해요."

정원 한편에 마련된 재배실의 문을 열자 헐벗은 마녀가 환한 미소로 그를 반겼다.

중요 부위만을 나뭇잎으로 가린 녹색 머리칼의 미녀는 재배실의 관리인 나이아로, 숲을 정령 중 하나인 드라이어드Dryad 일족이었다.

현재 정훈이 고용한 관리인 중 가장 뛰어난 능력을 보유한 이.

대표적으로 약초 재배 시간을 25퍼센트 단축시켜 주고 좀 더 많은 수량의 약초를 생성시키는, 그야말로 유능한 관리인이었다.

"씨를 뿌리기 좋은 터가 많이 남아 있네요. 재배를 원하는 약초가 있다면 말씀해 주세요. 제겐 다양한 종류의 씨앗이 있답니다."

봄바람과도 같은 기분 좋은 미소로 말을 이어 갔다.

하지만 봄바람도 얼어 있는 정훈의 마음을 녹이진 못했다.

특유의 무덤덤한 얼굴의 그는 "최대 몇 개까지 심을 수 있지?" 하며 그저 자신의 용무를 물을 뿐이었다.

"현재 마스터는 100개의 공간을 이용할 수 있어요."

약초는 무한정 심을 수 있는 게 아니다.

특수한 마법 처리가 된 공간에서만 재배가 가능한데, 한계 레벨의 약초 재배실에서 심을 수 있는 공간은 100개로 제한

되고 있었다.

"100개라……. 그럼 마법의 씨앗 100개를 줘."

"마법의 씨앗 말인가요?"

미소는 여전하나 에메랄드 빛 눈동자에는 의문이 가득 담겼다.

"마스터, 알고 계신지 모르겠지만 마법의 씨앗은 지금껏 누구도 싹을 틔우지 못한 난해한 아이랍니다. 재배 방법이 알려지지 않은 건 물론, 가격도 상당히 비싼……."

"상관없어."

중간에 말을 끊은 정훈은 가죽 주머니를 건넸다.

그 안에는 마법의 씨앗 100개의 대금인 1천 코인이 들어 있었다.

"정말 괜찮으시겠어요?"

"줘."

그래도 염려가 됐던지 다시 한 번 의향을 물었지만, 그는 단호했다.

"후우. 싹을 틔우지 못하더라도 제 탓은 하지 마시길."

"탓하지 않을 테니 걱정 마."

이렇게까지 말하는데, 별수 있나.

고용된 입장의 나이아는 정훈의 고집을 꺾을 수가 없었다.

결국 정훈은 마법의 씨앗 100개를 구매했다.

"지금 씨 뿌리기를 시작할까요?"

판매한 씨앗은 고스란히 나이아의 손에 쥐어져 있었다.

"시작해."

허락을 얻은 나이아의 특별한 능력이 발휘되었다.

그녀의 몸 주위로 녹색 아우라가 뿜어져 나왔다.

그것은 곧 나뭇가지처럼 사방으로 뻗어 나갔고, 고르기가 완료된 땅을 파헤치기 시작했다.

순식간에 씨를 뿌릴 만한 적당한 구멍이 생겨났다.

그와 동시에 주머니 속에 든 마법의 씨앗이 허공에 둥실 떠올랐다.

"잠깐!"

파헤쳐 놓은 구멍에 씨앗을 심을 차례였지만, 이를 정훈이 제지했다.

"왜 그러시나요?"

"뿌리기 전에 이걸 먼저 깔아 줘."

코인이 든 것과 같은 작은 주머니를 건넸다.

곧장 주머니 속의 내용물을 확인했다.

그건 가루였다. 푸른색으로 반짝이는 고운 가루.

"이게 뭔가요?"

"마법의 가루."

"마법의 가루? 뭐로 만든 건지 알 수 있을까요?"

꼬치꼬치 캐물었다.

그럴 수밖에 없었다. 적어도 약초 재배에 관해선 모르는 게 없다고 자부하고 있었는데, 이런 재료는 처음 봤기 때문이다.

"마석을 갈아 만든 가루."

"네에?"

담담히 나온 그 말에 깜짝 놀랄 수밖에 없었다.

마석이 무엇인가. 마법의 힘을 지닌 보물이다.

누구는 평생을 가도 만져 보지 못할 보물을 갈아 만든 가루라니. 나이아의 반응은 지극히 당연한 것이었다.

"제정신이세요?"

고용된 입장이라는 것도 잊은 그녀가 내뱉듯 말했다.

"아, 죄송해요. 그게 아니라……."

"지극히 제정신이야. 잔말 말고 작업이나 마저 하는 게 어때?"

괜한 시간 낭비는 사양이었다.

"네, 그럴게요."

그의 의지를 읽은 나이아는 더는 토를 달지 못했다.

곧장 정훈이 원하는 바를 실행에 옮겼다.

주머니 속에 들어 있던 가루가 허공을 날며 100개의 구멍 속에 안착했다.

주변의 흙으로 구멍을 메우고, 물을 뿌렸다.

보통은 이것으로 작업이 끝날 테지만, 한 가지가 더 남아 있었다.

정훈은 나이아 고유의 권능인 자연의 기원을 발동해 성장을 더욱 촉진시켰다.

'10분보다 일찍 끝나겠네.'

보통 약초가 완전히 자라는 데까진 꼬박 하루가 걸린다.

하지만 마법의 씨앗은 특별했다. 10분 안에 모든 성장이 끝나는 것이다.

이번에는 나이아의 마법까지 부여되었으니 그보다 더 이른 시간에 발아發芽가 결정될 터였다.

'확률은 1퍼센트 미만.'

마석 가루를 이용해야만 자라나는 마법의 씨앗. 이 희귀한 재료 요구에도 불구하고 발아할 확률은 1퍼센트 미만이었다.

확률 상으론 100개 중 하나는 성공하겠지만, 어디 확률이란 게 그렇게 정해지는 것인가.

운이 좋으면 1개를 심어도 날 것이고, 운이 나쁘면 1천 개를 심어도 나지 않을 수 있다.

물론 요행을 바라진 않는다.

다만 한 가지만큼은 확신할 수 있었다. 반드시 성공한다. 1천 개가 됐든, 1만 개가 됐든 성공하기 전까지는 결코, 멈추지 않을 것이기에.

과연 불운의 아이콘. 정훈은 예상했던 대로 연거푸 실망의

잔을 들이켜야만 했다.

무려 6천 개의 씨앗을 심는 동안 단 하나의 싹도 나지 않았다.

'제길.'

예상은 했지만, 또 막상 현실로 닥치니 부아가 치밀었다.

아무리 1퍼센트 미만의 확률이라지만 6천 개의 씨앗을 심을 동안 하나도 나지 않을 수 있단 말인가.

"……."

처음엔 그것 보라는 둥 얄미운 소릴 하던 나이아도 아무 말 하지 못했다.

지금까지 정훈이 본 금전적 손해가 상상도 할 수 없는 수준이라는 것을 깨달았기 때문이다.

괜히 한마디 했다간 무슨 봉변을 당할지 알 수 없었다.

그리고 시작된 6,100개째의 도전.

지겹도록 반복한 작업이 끝나고…….

"싸, 싹이 났어요!"

이제는 기대조차 하지 않고 있던 순간, 놀란 나이아가 소리쳤다.

과연 그녀의 말처럼 싹 하나가 솟아나고 있었다.

정훈의 육신이 빛살과도 같이 빠르게 움직였다. 어느새 피어나는 싹에 다가간 그는 미리 준비해 두었던 파란 액체 물약을 꺼냈다.

부족한 마력을 채워 주는 마력 보충 물약이었다. 그것도 유일급의 아주 값비싼 것이다.

쪼르륵.

거칠 것 없는 현금술사 정훈은 곧장 물약을 쏟아붓기 시작했다.

시리도록 푸른 액체가 싹에 닿자 싹의 크기가 눈에 띌 만큼 성장했다.

점차 몸집을 불려 나가던 싹은 5개째의 마력 물약을 흡수하면서 줄기 부분에 작은 열매를 맺었다. 사실 열매라기보단 푸른빛을 띤 콩이었다.

'왔다.'

이를 확인한 정훈이 계속 마력 물약을 보충했다.

툭.

10개의 마력 물약이 투여되었을 때였다.

마치 아이를 출산한 것처럼 힘을 다한 줄기는 시들어 버렸고, 그 자리엔 선명한 푸른빛의 콩만이 남아 있었다.

떨어진 콩을 집어 보관함에 잘 넣어 두었다.

'준비는 끝났다.'

마법의 콩을 얻었으니 이제는 함께할 동료가 필요하다.

거인 사냥꾼 잭, 그를 찾을 시간이었다.

3막의 주 무대인 베로나는 영지 내의 치안은 물론 각종 제반 시설이 마련된 발전된 도시다.

적어도 단편적인 부분에 한해서만 말이다.

빛이 있으면 어둠도 있듯, 베로나에도 어두운 부분이 존재했다.

영지의 동쪽 외곽. 하수 처리장 쪽에 마련된 빈민가는 베로나의 가장 어두운 부분이라 할 수 있었다.

사는 대부분이 피난민, 범죄자, 그리고 원인을 알 수 없는 전염병을 앓고 있는 환자들.

치안의 범위가 닿지 못하는 무법천지를 향해 정훈이 진입했다.

그가 지나칠 때면 어김없이 사람들의 시선이 뒤따랐다.

빈민가와는 어울리지 않는 화려한 무장에, 몇몇 무리가 시선을 주고받더니 이내 정훈의 뒤를 밟기 시작했다.

예정된 사건은 정훈이 골목 어귀를 지날 때 일어났다.

"어이, 형씨, 좋은 거 걸치고 있는……."

전형적인 대사를 내뱉으려던 빈민가 주민의 말은 이어지지 못했다.

스걱.

하얀 섬광이 번뜩이자 그의 몸이 세로로 양단되었다.

잘린 단면 사이로 뿜어져 나온 피가 허공을 새빨갛게 물들였다.

"씨발, 뭐야?"

"이 새끼가!"

주위를 포위한 무리가 소리쳤다.

동료가 당했지만, 죽음은 그들에게 매우 친숙한 것이었다.

곧장 각자의 무기를 들어 달려든다.

앞뒤로 골목을 막은 인원만 15명이었다.

좁은 골목에서 소수가 다수를 상대하는 건 어려운 일.

이를 믿고 덤벼들었지만, 크나큰 착오였다.

압도적인 힘은 지형의 불리함 따위에 굴하지 않는다.

허공에 스스로 뜬 오대 명검이 휘젓는 순간, 15명의 강도는 자신이 왜 죽었는지조차 인지하지 못한 채 안식을 맞이할 수밖에 없었다.

그야말로 눈 깜짝할 사이 16명을 쓰러뜨린 정훈이 어둠을 품은 골목을 노려봤다.

"귀찮게 하지 않는 게 좋을 텐데."

나직한 경고. 하지만 반응이 없었다.

예민한 그의 감각에 잡히는 건 골목에 숨죽인 채 그를 기다리는 수십의 인원이었다.

'말로 해선 알아먹을 놈들이 아니지.'

직접 겪기 전까지는 왜 호랑이가 무서운지 알 수 없다.

특히 물욕에 눈이 먼 이들에게 16명의 죽음 따위는 사소한 일에 불과했다.

마검 스톰브링거를 든 그가 어둠 속을 향해 걸어갔다.

"죽어!"

기다렸다는 듯이 이어지는 습격.

골목의 사방, 모든 방위를 점한 수십의 주민들이 정훈에게 쇄도했다.

"머저리들!"

냉소한 그의 스톰브링거가 유연한 궤적을 그렸다.

푸확!

허리가 양단된 주민들이 쓰러져 갔다.

뭔가 대단한 공격을 한 건 아니었다.

단지 검을 들어 수평으로 그었을 뿐이었다.

하지만 이 간단한 공격도 힘과 속도가 갖추어지자 필살의 일격으로 변했다.

"뒈져 버려, 이 씨팔 새끼!"

"저건 다 내 거야!"

무력의 차이를 확인했지만, 아랑곳하지 않고 덤벼든다.

그건 마치 죽을 것을 알면서도 달려드는 불나방과도 같았다.

빈민가 주민들의 습격은 한 번으로 끝나지 않았다.

이동하는 내내 적들의 습격이 이어졌다.

무려 수십 번의 전투. 아니, 그건 전투라기보다는 일방적인 학살이었다.

압도적인 무력으로 적들을 쓰러뜨렸다.

그럼에도 주민들은 포기하지 않았다. 어차피 굶어 죽으나 싸우다 죽으나 매한가지였던 탓이었다.

오늘만 사는 그들에게 두려움이란 없었다. 끊임없이 덤볐고, 어김없이 쓰러졌다.

포기하지 않을 것만 같던 습격이 끝을 맺은 건 빈민가 동쪽의 가장 외곽지에 접어들 무렵이었다.

아무리 목숨이 아깝지 않다고 한들 일 할의 가능성이라도 보여야 하는데 그게 보이지 않았다.

수십 번의 전투에 지치지도 않은 정훈에게 질려 버린 주민들이 모두 떠난 것이다.

그제야 편하게 움직일 수 있게 된 정훈은 목적지를 향해 똑바로 나아갔다.

그렇게 10분 정도를 걸어가 마침내 목적지에 도착할 수 있었다.

인공적으로 만든 공터. 그곳에 자리한 건 허름한 집 한 채였다.

나무판자를 얼기설기 엮어 만든, 그저 집의 형태만을 갖추고 있었다.

그곳에 시선을 두던 정훈이 걸음을 옮겼다. 집 안으로 들어가기 위함이었으나, 돌연 멈춰 섰다.

뒤돌아선 그는 공터 옆에 있는 메마른 나무를 뚫어지게 응시했다.

"언제까지 숨어 있을 생각이지?"

분명 나무 말고는 아무것도 없다.

미치지 않고서야 나무와 대화를 할 수 있을 리가 없을 텐데…….

"쓥, 어떻게 눈치챈 거지?"

놀랍게도 말했다. 아니, 나무가 아니었다.

환영처럼 일그러진 나무 대신 한 사람이 모습을 드러냈다.

중앙이 훤한 일명 분화구 머리의 중년인.

옷이라기보다는 때가 잔뜩 탄 거적때기를 입은 그는 불안한 눈으로 정훈을 응시하고 있었다.

"같은 아이템을 가지고 있거든."

그리 말한 정훈이 곧 조금 전 중년인과 같은 나무로 변신했다.

위장용 아이템인 '변화의 구슬'이 지닌 능력이었다.

이것을 쥔 채 원하는 모습을 상상하면 그것으로 변한다.

다만, 실제로 변하는 게 아닌 환영을 보여 주는 것이기에 조금만 세심하게 바라보면 눈치채는 건 어렵지 않은 일이었다.

"그래. 너 잘났다. 근데 우리 집엔 무슨 볼일이 있어 행차하셨나?"

겉으로는 여유 있는 척 꾸미고 있었지만, 불안한 시선이 계속 흔들리고 있었다.

"널 찾으러."

"쌍, 내 이럴 줄 알았다니까."

역시 예상했던 대로다. 중년인이 욕지거릴 내뱉었다.

"어디서 또 빚이 넘어갔나 본데, 나 돈 없어."

대답은 듣지도 않은 채 양팔을 벌려 자신의 모습을 확인시켜 주었다.

"이거 봐. 이게 돈이 있을 만한 꼬락서니냐? 그러니까 괜히 엄한 사람 잡을 생각 하지 말고 조금만 기다려 줘. 내 한탕 크게 해서 금방 갚아 줄 테니."

중년인은 정훈을 빚쟁이로 착각하고 있었다.

그럴 수밖에 없는 게 자신을 아는 모든 사람은 빚을 재촉하러 오는 사람들뿐이었던 탓이다.

"착각 했나 본데, 난 빚쟁이 같은 게 아냐."

"음? 빚쟁이가 아니라고? 그럼 넌 뭔데?"

"널 시궁창에서 꺼내 줄 구원자."

영문을 알 수 없는 말이다.

"구원자?"

"그래. 이제 다시 활동을 시작할 때다. 거인 사냥꾼, 잭."

지금껏 불안하게 흔들리기만 하던 중년인, 잭의 눈동자가 커졌다.

"누구냐, 너?"

방정맞기만 했던 높은 음성이 낮게 가라앉았다.

잭, 그의 본명은 오래전 어머니의 죽음과 함께 묻어 두었다. 그런데 그 이름을 낯선 이에게 듣게 될 줄이야.

"그렇게 경계할 필욘 없어. 너에게 아주 좋은 조건을 제시하기 위해 온 거니까."

"듣기 싫다면?"

자신의 이름을 듣는 것만으로 기분이 가라앉았다.

이런 날엔 그저 술잔을 기울이며 모든 것을 잊고 싶을 뿐. 누군가의 이야기를 듣고 싶은 마음이 없었다.

"돈 받으러 온 게 아니면 꺼져."

정훈을 지나쳐 집으로 들어가려던 그의 걸음이 우뚝 멈췄다.

너무 놀라 눈은 화등잔만 하게 커지고, 입을 잔뜩 벌렸다.

"이게 필요하지 않아?"

정훈의 손바닥 위에는 푸른빛을 띤 콩이 놓여 있었다.

"마법의 콩!"

놀라운 감정을 얼굴 가득 표현하고 있던 잭이 소리쳤다.

기억도 나지 않을 오래전, 그를 황금기로 이끌었던 것. 그토록 찾아 헤맬 때는 없더니 지금, 여기서 다시 보게 될 줄이야.

"하지만 이젠 늦었어."

기쁨과 희열에 젖어 있던 눈동자는 이내 차갑게 식었다.

"조금 더 빨리 왔다면 모를까, 이젠 글렀어. 더는 예전의 거인 사냥꾼이 아니야. 지금은 그저 도박과 술에 전 폐인일 뿐이지."

회한이 어린 마법의 콩을 봤기 때문일까.

잭은 중얼거리며 자신의 이야기를 시작했다.

그는 본래 가난한 농가에서 태어난 평범한 아이였다.

어렸을 적 아버지를 여의고 어머니와 근근이 살아가던 어느 날, 나이가 들어 더는 젖을 생산하지 못하는 소를 내다 팔기 위해 근처 저잣거리로 이동하던 그는 신비한 광경을 목격하게 된다.

스스로 빛을 발하는 마법의 콩을 팔고 있는 노인을 발견한 것이다.

차고 앉아 구경에 여념이 없던 잭을 보며 노인이 말했다.

'아이야. 그 소를 나에게 주면 이 마법의 콩을 너에게 주마.'

세상에.

고작 소 따위와 마법의 콩을 바꿀 기회라니.

어린 잭은 아무런 망설임 없이 소를 주고 마법의 콩을 받아 왔다.

'어이구 이 화상아. 내가 너 때문에 못산다, 못살아!'

당연히 그의 어머니는 노발대발했다.

아무리 나이 들었다지만 제대로만 팔면 족히 한 달은 생활할 수 있을 소를 고작 콩 다섯 쪽에 바꿔 온 것이다.

화가 난 그녀는 마법의 콩이고 나발이고 창밖으로 모두 던져 버렸다.

물론 멍청한 짓을 벌인 잭 또한 화를 면치 못했다.

종아리가 부르트도록 회초리를 얻어맞았지만, 이 순진한 소년은 자신이 힘겹게 얻은 신비한 마법의 콩을 되찾기 위해 창밖을 샅샅이 뒤지고 다녔다.

하지만 찾을 수 없었다.

시간이 지나 때는 한밤중. 내일 날이 밝으면 찾기로 한 잭은 잠이 들었고, 다음 날, 콩을 찾기 위해 간 곳에서 놀라운 광경을 목격할 수 있었다.

거대한 나무가 하늘을 뚫을 것처럼 솟아 있던 것이다.

그 끝이 보이지 않을 정도로 우뚝 솟은 나무를 바라보던 잭은 문득 호기심이 생겼다.

'과연 이 나무 끝에는 뭐가 있을까.'

한 번 호기심이 발동하면 그것이 풀리기 전까진 절대 멈추지 않는다.

대담하게도 12살에 불과했던 어린 잭은 나무를 타고 올라가기 시작했다.

그건 기적이라고밖에 표현할 수 없었다.

무려 5일 동안 침식도 잊은 채 나무를 타고 올라간 잭은 마침내 그 끝에 도달할 수 있었다.

구름 위의 세계. 그곳은 놀랍게도 온통 눈에 둘러싸여 있는 겨울 왕국이었다.

그런데 어째선지 잭은 추위를 느끼지 않았다.

무언가에 이끌리듯 길을 따라가자 그 끝에 얼음으로 만들어진 거대한 성을 발견할 수 있었다.

무슨 용기가 난 건진 모른다.

그저 당연히 그래야만 하듯이 성에 들어갔고, 그곳에서 눈으로 만들어진 서리 거인들과 나무 둥치에 꽂힌 검 하나를 발견할 수 있었다.

일반적인 매끈한 검날이 아닌 톱날과 같이 삐쭉 뾰족 솟은 톱날검.

그것을 손에 쥔 순간 알 수 없는 힘이 잭을 휘감아 돌았다.

고대의 영웅이 지니고 있었던 힘을 얻은 잭. 하지만 마냥 기뻐할 수만은 없었다.

잠에서 깨어난 서리 거인들이 공격해 온 것이다.

톱날검을 얻기 전이었다면 산 채로 잡아먹혔을 것이다.

하지만 그는 이제 더는 예전의 순진한 소년 잭이 아니었다.

그때부터 그는 외로운 싸움을 시작했다.

무려 10년에 걸친 서리 거인들과의 싸움. 그 전투에서 소소한 승리를 거둘 수 있었다.

그 전리품으로 황금알을 낳는 닭을 얻은 잭은 나무를 타고 지상 세계로 돌아왔다.

잭이 귀환하자 거인의 세계로 연결되어 있던 나무는 시들어 이내 종적을 감췄다.

마침내 모자가 재회했다.

10년간 실종된 아들을 발견한 어미의 심정은 이루 말할 수 없었다.

그뿐인가. 몸 성히 돌아온 것뿐만 아니라 온갖 진귀한 보물이 함께였다.

가난한 농부에 불과했던 모자는 한순간에 벼락부자가 되어 떵떵거리며 살 수 있었다.

여기서 그냥 끝을 맺었다면 얼마나 행복했을까. 하지만 인생은 그리 만만한 게 아니었다.

인생사 새옹지마라 했던가.

행복이 찾아오면 그의 짝인 불행도 함께 따라오는 법이었다.

고기도 먹어 본 놈이 안다고, 돈도 벌어 본 놈이 더 잘 쓰는 법이었다.

그간 가난하게만 생활해 왔던 모자는 흥청망청 돈을 뿌리기 시작했다.

그녀의 어머니는 온갖 보석과 사치품으로 자신의 허영심을 채웠고, 잭 자신은 도박과 술, 그리고 여자를 끼고 살았다.

처음에는 매일 얻는 황금알로 이를 충당할 수 있었지만, 시간이 지날수록 씀씀이가 커져 나중엔 빚까지 내는 지경에 이르렀다.

빚 독촉에 시달리던 어느 날, 모자는 생각했다.

황금알을 낳는 닭의 배를 가르면 어마어마한 황금이 들어 있지 않을까라고.

어처구니없는 생각이었다.

하지만 한 번 돈맛을 본 그들의 뇌는 엉망으로 꼬여 있었다.

결국, 그들은 멍청한 선택을 하기에 이르렀다.

닭의 배가 갈라졌다. 매일 황금알을 낳는 희대의 보물은 그렇게 세상에서 사라지게 되었다.

그제야 가출했던 이성이 돌아왔다.

자신이 무슨 짓을 저질렀는지 깨달은 어머니는 화병으로 몸져눕고 말았다.

더는 황금알을 얻지 못하니 지니고 있던 모든 재산은 빚을 갚기 위해 처분할 수밖에 없었다.

거인을 살해하던 그 힘으로 뭐라도 하면 되지 않았을까 싶지만, 불가능한 일이었다.

톱날검이 부여하던 힘을 지상 세계로 내려오면서 모두 잃어버린 탓이었다.

'다시 거인의 세계로 가야겠어.'

잭은 결심했다. 마법의 콩을 찾아 다시 한 번 거인의 세계를 털어먹기로.

아픈 어머니를 뒤로한 채 마법의 콩을 찾아 세계를 누비고 다녔다.

하지만 그 어디에서도 마법의 콩을 찾을 수 없었다.

3년간의 방황을 마친 잭이 집으로 돌아왔을 땐 이미 그의 어머니는 싸늘한 주검이 된 후였다.

가장 사랑하는 사람이 가까이에 있었는데 지켜봐 주지 못했다.

행복이 돈이 아니란 것을 뒤늦게야 깨달은 잭은 어머니를 묻으며 자신의 이름마저도 묻어 버렸다. 다시는 이렇게 허망한 삶을 살지 않을 거라 다짐하며.

"큭. 허망하게 살지 않긴 개뿔. 그때보다 더 망가졌는데."

어느새 중년이 된 잭은 그날의 깨달음을 이미 잊은 뒤였다.

여전히 도박과 술, 그리고 여자에 빠져 삶을 낭비했다. 처음 각오로 열심히 모은 돈도 모두 탕진했고, 이제는 빈털터리, 남은 것이라곤 빚밖에 없었다.

"게다가 그 검도 이미 팔아먹어 버렸어."

거인의 세계에서 얻은 톱날검 또한 도박으로 날려 먹었다.

육신은 망가졌고, 힘의 원천인 검마저 잃어버렸다.

지금 그에게 거인 사냥꾼이란 이명은 가당치도 않은 것이었다.

"네가 찾는 거라면 여기 있어."

그리 말한 정훈이 보관함에서 검 하나를 꺼냈다.

삐죽 뾰족한 날. 그리고 푸른 서리 기운이 둘러싼 그 검은…….

"에케작스……."

홀린 듯 중얼거렸다.

어찌 잊을 수 있을까. 정훈이 손에 받쳐 든 그 검은 오랜 세월 그와 함께 한 거인 살해검, 에케작스였다.

이것 역시 정훈의 보관함에 잠들고 있던 것 중 하나로, 영지 밖 거신의 후예라는 자이언트 일족을 처치하면 아주 낮은 확률로 얻을 수 있는 유물급 무기였다.

처음 이것을 얻었을 땐 유물급이라곤 생각할 수 없을 만큼 형편없는 능력에 의아했지만.

'설마 이게 이런 용도로 쓰질 줄은 몰랐지.'

에케작스는 주인을 가리는 특수한 무구. 그렇기에 잭이 아니면 그 누구도 제대로 된 성능을 낼 수 없다.

"내가 다시 한 번 꿈꿀 수 있을까?"

에케작스를 바라보던 잭의 눈시울이 붉어졌다.

젊고 패기 넘치던 청년은 한순간의 잘못으로 사랑하는 사람과 가진 모든 것을 잃었다.

처음엔 세상만 탓했다.

내가 나쁜 게 아니다. 세상이 잘못 돌아가고 있는 거다. 아니, 아니었다. 세상은 늘 똑바로 돌아가고 있었는데 자신이 잘못된 길을 걸었을 뿐이다.

남 탓만 하며 허송세월을 보낸 덕분에 꿈 많던 청년은 가진 것 하나 없는 중년인이 되어 있었다.

다시 꿈을 꿔도 되는 걸까. 너무 늦은 게 아닐까. 에케작스를 바라보는 그의 눈동자가 갈등으로 흔들렸다.

"원한다면 얼마든지."

떨리는 손으로 검을 잡았다.

휘잉.

바람이 불었다. 가슴 속을 뚫어 버리는 청량감을 지닌 바람이 잭의 얼굴을 스치고 지나갔다.

"오오!"

그러자 터져 나온 환호성과 함께 놀라운 변화가 일어났다.

반짝이는 분화구 머리에 솜털이 자라났다.

촉진제라도 맞은 것처럼 자라난 머리칼은 금방 그의 머리를 덮었고, 얼굴을 가득 덮고 있던 자글자글한 세월의 흔적 또한 똑바로 펴졌다.

중년인에서 세월을 역행해 청년의 모습으로 변했다.

하지만 그 무엇보다 가장 큰 변화는 눈이었다.

죽어 있던 눈은 꿈을 꾸는 청년의 그것처럼 빛나고 있었다.

30년 전. 세상 모든 것을 가졌을 때의 잭. 거인 사냥꾼 잭으로 돌아온 것이다.

"그래. 이거야!"

다시 한 번 꿈을 꿀 수 있게 된 잭은 한껏 차오르는 고양감에 소리를 질렀다.

"즐기는 건 거기까지. 이제 이걸……."

에케작스에 이어 마법의 콩을 내밀었다.

"문제없지!"

눈빛만이 아니라 그 목소리에도 생기와 자신감이 넘쳐흘렀다.

곧장 마법의 콩을 받아 든 잭이 자신의 집 뒤편에다 심기 시작했다.

파 놓은 구멍에 콩을 넣고 흙을 덮는 그 순간이었다.

본인은 인지하지 못하는 희미한 빛이 손등에서 발산되었다.

그 빛은 특별한 형상을 만들었다.

그것은 흡사 뱀을 그린 것과 같았다.

'제물의 낙인.'

정훈은 그 정체를 알고 있었다.

사실 잭을 데려가는 이유는 그의 무력이 필요해서가 아니었다.

오직 그만이 마법의 콩을 자라게 해 거인의 세계, 니플헤임으로 갈 수 있는 통로를 열 수 있다.

'그리고 녀석을 깨울 유일한 존재기도 하지.'

이 모든 과정은 오직 하나의 존재를 깨우기 위함이었다.

물론 이를 알 턱이 없는 잭은 할 일을 마치곤 정훈에게 다가왔다.

"이제 하루가 지나면 콩이 자라."

"아니, 금방이야."

정훈의 말이 끝나기 무섭게 변화가 시작되었다.

뿌드득.

흙을 뚫고 나온 녹색의 싹 하나가 하늘을 향해 뻗어 나갔다.

구름을 뚫고 하늘의 끝까지 닿을 기세로 성장한 싹, 아니, 나무는 순식간에 성장을 마친 채 그 자태를 뽐내고 있었다.

"그나저나 친구, 여길 올라갈 수 있겠어? 못해도 반나절은 꼬박 걸릴 텐데."

아무런 능력도 없던 소년 시절에야 5일이 소요되었지만, 지금은 반나절이면 충분했다.

"반나절?"

한가로이 기어오르고 있을 시간은 없다.

보관함에서 꺼낸 천마의 혼을 하늘 높이 던졌다.

빛의 날개가 아름답게 나풀거리고, 날개를 단 하늘의 말 천마가 모습을 드러냈다.

"30분이면 충분해."

천마에 올라탄 정훈을 바라보는 잭.

"도대체 넌 뭐하는 놈이냐?"

지금까지 정훈을 만난 모두가 가진 이 의문은 잭에게도 예외가 아니었다.

정훈의 호언장담은 허세가 아니었다.

30분이 지나기도 전 두 사람은 눈으로 뒤덮인 세계, 니플헤임에 당도할 수 있었다.

휘잉.

바람에 살이 에일 듯한 삭풍이 불었다.

그저 춥다고 표현할 수 있을 정도가 아니었다.

보통 평범한 사람이라면 이곳에 도착한 것만으로도 피가 얼어 사망했을 것이다.

특별한 힘에 보호를 받는 잭은 추위에 영향을 받지 않았고, 정훈의 경우엔 이에 대비한 무장으로 버티고 있었다.

얼음 여왕의 심장을 재료로 만든 수정 갑옷은 모든 한기로부터 정훈을 보호해 주었다.

그뿐만이 아니다. 손에는 수르트의 검을 들어 온기를 계속 유지했다.

이제 추위는 두 사람에게 아무런 영향을 줄 수 없었다.

거칠게 불어오는 눈바람을 헤치며 전진했다.

한 치 앞도 분간할 수 없는 눈바람이 시야를 가로막았지만, 길을 찾는 덴 아무런 문제가 없었다.

제물의 낙인이 새겨진 잭의 본능은 얼음 궁전으로 향하는 길을 정확히 파악하고 있었던 것이다.

문제는 거리였다. 근 3시간 동안 쉬지 않고 움직인 후에야 얼음 궁전의 위용이 드러났다.

거대하다는 말로는 표현할 수 없을 정도로 거대한 얼음 궁전. 성인 치곤 작지 않은 정훈과 잭 두 사람도 궁전의 크기와 비교하면 개미 새끼만도 못한 정도에 불과했다.

"여기서부턴 전문가에게 맡겨."

잭이 자신감을 드러내며 나섰다.

무려 10년간 얼음 궁전에서 사투를 벌였던 그다. 당연히 성의 지리 및 잠입 노하우가 가득 쌓여 있었다.

"아니, 돌아가지 않아."

정훈이 원하는 건 잠입이나 우회하는 길이 아니었다.

"서, 설마 정면으로 뚫을 생각은 아니지?"

잭이 10년간의 경험을 통해 깨달은 사실은 절대 정면 승부는 안 된다는 것이다.

서리 거인 하나하나가 지닌 힘은 막강하기 그지없다.

잭도 겨우 하나에서 둘 정도를 상대할 수 있을 정도인데, 그마저도 외곽에 있는 '허약한' 녀석들일 경우다.

정문에 배치된 정예를 잘못 상대했다간 뼈도 못 추린다.

"물론 그냥 맞설 생각은 없어."

정훈도 익히 알고 있는 사실이다. 아무리 그라고 해도 이곳 얼음 궁전에 있는 서리 거인들을 모두 상대할 수 없다. 그건 자살행위나 마찬가지니까.

'녀석들이라면 가능할지 모르겠지만.'

모든 차원 중에서도 가장 강력한 힘을 지닌 몇몇 존재. 그들은 상정할 수 없는 괴물이었다.

녀석들이라면 능히 단신의 힘만으로 이곳을 뚫을 수 있지 않을까.

'지금은 상대되지 않겠지만, 언젠가는 따라잡는다.'

언젠가는 부딪쳐야 할 상대. 그날을 대비하기 위해서라도 이번 계획은 반드시 성공해야만 한다.

"받아."

보관함에서 꺼내어 던졌다.

잭은 예고도 없이 날아오는 그것을 받아 들었다.

"이건……?"

한기가 느껴지는 육각형 모양의 돌이었다.

"서리 거인의 결정."

그리 말한 정훈은 잭에게 준 것과 같은 육각형의 돌을 입에 털어 넣었다.

꿀꺽.

평범한 돌이었다면 목을 막았을 정도로 크기가 있는 것이었다.

하지만 삼킨 순간 액체로 화하며 부드럽게 넘어갔다.

그리고 잠시 후…….

"으악!"

놀란 잭이 엉덩방아를 찧었다.

웬만한 일에는 결코, 놀라지 않을 강심장의 소유자인 그도 지금 이 순간만큼은 경악할 수밖에 없었다.

조금 전까지 정훈이 서 있던 자리.

그곳에 눈이 쌓여 만들어진 것과 같은 거대한 괴물, 서리 거인이 서 있었다.

놀란 그가 에키작스를 빼 들었다.

당장에라도 눈앞의 서리 거인을 벨 생각이었다.

"이봐, 진정해."

익숙한 음성이 귓가에 파고들었다.

"저, 정훈?"

여전히 경계심을 지우지 않은 그가 물었다.

"그래. 단순한 변장이니까 너무 놀라지 마."

말은 그리했지만, 단순한 변장 수준이 아니었다. 체형은 물론 풍기는 분위기까지 모든 게 변했다. 변장이 아닌 변신이라 해도 믿을 정도였다.

"설마 이걸 먹어서 그렇게 된 거야?"

"그래."

서리 거인의 결정은 2시간 동안 서리 거인으로 변신하게 하는 소비성 아이템이었다.

본래는 얼음 궁전 안의 배신자 에톤과의 거래를 통해 획득할 수 있는 희귀 물품이지만, 정훈은 이미 게임 속에서 획득한 바가 있었다.

"도대체 이걸로 뭘 할 생각이야?"

대체 무슨 꿍꿍이인가. 문득 궁금해진 잭이 물었다.

"별거 아냐. 여왕의 비밀 창고를 털어먹어 보려고."

　니플헤임을 다스리는 얼음 궁전의 여왕 프뤼나. 그녀의 창고를 터는 게 정훈의 첫 번째 목표였다.

Chapter 2

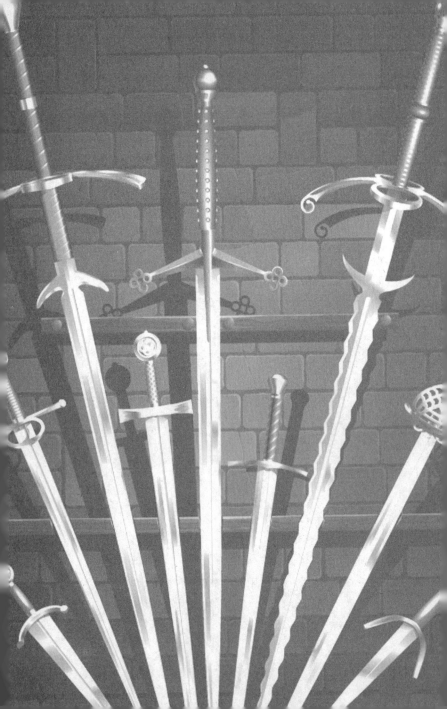

"미쳤어?"

미치지 않고서야 죽고 싶다는 말을 저리 당당하게 할 턱이
없다.

"어디서 주워 들었는진 모르겠는데, 서리 여왕? 그건 인간
이 상대할 만한 존재가 아니야."

성의 외곽 부근만을 돌던 잭이 서리 여왕을 볼 수 있었던
건 우연한 일이었다.

당시 얼음 궁전은 잭의 도둑질로 비상이 걸린 상태였다.

이에 서리 여왕은 경계 강화를 명령했고, 수시로 순찰하며
경계 상황을 확인했다.

하지만 상부의 지시를 개떡같이 여기는 건 인간이나 거인

이나 매한가지였다.

　경계 근무를 서고 있던 서리 거인 하나가 몰려오는 수마를 이기지 못한 채 졸아 버렸던 것이다.

　하필이면 잭이 이곳을 노린 것, 그리고 또 하필 서리 여왕이 그곳을 순찰하고 있었던 건 대단한 우연한 일치였다.

　자신의 명령을 어긴 경비를 향해 서리 여왕의 분노가 쏟아졌다.

　그것은 일개 능력이라 표현할 만한 게 아니었다.

　천재지변과도 같은 재앙. 보는 잭으로 하여금 몸서리 처질 만큼 무시무시한 것이었다.

　"그때만 생각하면, 으으."

　잊고 있었던 그날의 기억을 떠올리며 몸을 부르르 떨었다.

　"뭔가 착각하고 있나 본데, 우리가 노리는 건 서리 여왕이 아니라 그녀의 비밀 창고거든."

　"그거나, 그거나. 비밀 창고라면 당연히 열쇠가 필요할 테고, 그건 서리 여왕이 가지고 있을 게 당연하잖아!"

　"생각보다 똑똑한데?"

　"상식이 있다면 당연히 알지. 게다가 비밀 열쇠라면 당연히 몸에 항상 지니고 있을 테고. 그걸 빼돌리려면 쓰러뜨리는 수밖에 없잖아!"

　결국엔 서리 여왕을 상대하는 수밖에 없다는 말이다.

　"난 죽고 싶지 않아. 정 그렇게 하고 싶다면 말리진 않을

게 친구. 어디 혼자서 잘해 봐."

어렵사리 새 삶을 찾은 지금 자살하고 싶은 마음은 없었다.

'물론 그러는 게 더 편하긴 한데.'

솔직히 잭을 데리고 다니는 게 그리 유쾌한 일만은 아니었다.

일신의 무력도 무력이지만, 계획을 진행하는 데 있어서 동의를 구해야만 하기 때문이다.

혼자 할 수 있었다면 진즉 그렇게 했을 것이다.

하지만 마법의 콩을 자라게 할 수 있는 것도 그렇고, 오직 잭만이 할 수 있는 일이 있었다.

그렇기에 이 말 많은 주민을 데리고 다니는 수밖에 없었다.

"걱정 마. 여왕과 싸우지 않아도 열쇠를 빼돌릴 수 있는 방법이 있으니까."

'결국엔 쓰러뜨려야겠지만.'

잭을 설득해야 하는 정훈으로선 뒷말을 삼킬 수밖에 없었다.

"방법이 있다고?"

"그래."

서슴없이 대답했다.

싸운다는 걸 말하지 않았을 뿐, 그가 지금까지 한 말은 모두 사실이었다.

정훈에겐 싸우지 않고도 서리 여왕의 열쇠를 빼돌릴 방법이 있었다.

눈동자는 거짓말하지 않는다.

진실이라는 것을 어렵지 않게 깨달은 잭은 갈등으로 흔들리는 눈을 한 채 생각에 잠겼다.

여기서 멋대로 생각하게 두면 안 된다.

"적어도 새로 얻은 삶이라면 왕의 창고 정도는 털어 줘야 하지 않겠어?"

새롭게 시작한 삶은 거창해야 한다고 역설했다. 그렇지 않아도 지금껏 밑바닥에서 살아온 삶에 대한 보상 심리가 작용하고 있었던 잭이었다.

"그래. 남자라면 그 정도는 해 봐야지!"

곧장 미끼를 물었다.

"어차피 한 번 말아먹었던 인생. 큰 거 한 방 노리고 이 생활도 청산이다."

황금알을 낳는 닭을 지니고도 나락으로 떨어졌다.

또 언제 결심이 흔들릴지 알 수 없으니 큰 것을 노려 보는 것도 나쁘지 않을 것이다.

고뇌하던 잭의 얼굴이 환해졌다.

"그럼 준비해."

"그러지. 친구."

조금 전 건네받았던 한기가 서린 육각형의 돌. 그것을 입에 털어 넣었다.

처음에는 이 큰 게 목을 넘어갈까 싶었지만, 혀에 닿는 순간 액체가 되어 부드럽게 넘어갔다.

"으어!"

마치 내장이 얼음으로 변하는 듯한 느낌과 함께 변화가 시작되었다.

얼마 지나지 않아 그곳엔 거대한 서리 거인 둘만이 자리하고 있었다.

"지금부턴 한마디도 하지 마. 괜히 입을 열었다간 곤란한 일이 생길 수도 있으니까."

"알았어. 입 꾹 다물고 있을게."

잭의 확답을 들은 이후 본격적으로 움직이기 시작했다.

곧장 다가간 곳은 얼음 궁전의 정문이었다.

도르래로 연결된 정문 옆 성벽엔 초소가 마련되어 있었는데, 정훈과 잭이 다가오는 것을 확인한 경비 둘이 그들을 맞이했다.

"멈춰라!"

위협적인 외침에 양손을 하늘 높이 들어 적의가 없음을 드러냈다.

"처음 보는 얼굴인데. 어디서 온 누구지?"

눈으로 만든 이목구비에 푸른 안광. 사실 인간의 입장에선 다 똑같은 얼굴이었지만, 서리 거인들 사이에선 구별이 가능한 것 같았다.

"서쪽 펠리우 마을에서 온 사냥꾼 칙샨과 팍샨이라고 합니다."

미리 준비해 둔 대사였다.

물론 꾸며 낸 게 아니다.

지명은 물론 실제로 게임 속에서 만났던 서리 거인의 이름을 차용하는 치밀함을 보였다.

"에르칸이로군. 하르칸이 아닌 이상 접근은 불허한다. 돌아가라."

서리 거인들은 뚜렷하게 두 계급으로 나눠져 있다.

하나는 얼음 궁전 밖에 사는 하층민 계열인 에르칸. 그리고 나머지 하나가 궁전 안의 하르칸이다.

당연히 일반적일 때엔 에르칸 신분으로 궁전에 진입하는 건 불가능한 일이지만.

"저기, 그게 서리 여왕님께 진상할 보물을 챙겨 가지고 왔는데 말입니다."

정훈은 그 유일한 방법을 알고 있었다.

말로만 해서는 믿지 않을 게 빤한 일. 미리 준비해 두었던 물건을 꺼냈다.

"호오?"

줄곧 냉대하기만 하던 경비병들 사이에서 감탄사가 흘러나왔다.

정훈이 바닥에 놓아 둔 것은 얼음으로 만든 네모난 오르골이었다.

오로라와 같은 신비한 빛의 기운을 뿌리는 그것은 일견하기에도 범상치 않아 보였다.

눈의 오르골. 북쪽 끝 거대한 동굴에 사는 얼음 여왕을 처치해야만 얻을 수 있는 것으로, 인간 세계에 가서 팔아도 10만 코인을 받을 수 있는 어마어마한 보물이었다.

'하지만 퀘스트 아이템이기도 하지.'

보물임과 동시에 서리 여왕을 만날 수 있는 몇 안 되는 퀘스트 아이템이기도 하다.

얼음 여왕은 본래 서리 여왕과 함께 니플헤임을 주름잡던 강자 중 하나였다.

왕의 자리를 놓고 두 거인은 서로 결투를 벌였고, 결과는 서리 여왕의 승리였다.

패자가 된 얼음 여왕은 북쪽 동굴에 근거지를 잡고 제후를 자처했다.

그녀의 목적은 하나. 세력을 구축해 서리 여왕을 쓰러뜨리고 니플헤임의 진정한 왕으로 거듭나는 것이었다.

서리 여왕의 입장에선 무척 거슬리는 존재일 수밖에 없다.

눈의 오르골은 얼음 여왕의 상징이라 할 수 있는 것.

이것만 있다면 서리 여왕과의 독대는 이루어진 것이나 다름없었다.

"그걸 어디서 낫지?"

가끔 이렇게 진상한답시고 보물을 들고 오는 이들이 있다.

목적은 하나.

서리 여왕에게 잘 보여 에르칸에서 하르칸의 신분 상승을 이루는 것이었다.

하지만 그중엔 형편없는 모조품이나 저주가 깃든 물건도 포함되어 있었다.

그럴 때면 어김없이 서리 여왕의 분노를 받아야 하는 건 통과시킨 그들이었다. 이 때문에 확인 절차는 필수였다.

"그게 말입니다. 우연히 들어간 동굴에 버려져 있던 걸 가지고 온 것이라. 혹 문제가 되는 겁니까?"

짐짓 겁먹은 척하는 연기가 일품이었다.

"확인되지 않은 물건인가. 그렇다면 안 되겠군. 돌아가도록……."

–그자들을 들여보내도록 해라.

돌려보내려던 경비의 말이 끊겼다.

허공에서부터 낭랑하게 울려 퍼지는 음성. 그것은 서리 여왕의 것이었다.

서리 거인 중에서도 가장 위대한 마법사이기도 한 그녀는 얼음 보주라는 신기를 통해 궁전 안팎의 상황을 볼 수 있었다.

맞수라 할 수 있는 얼음 여왕이 기운이 잔뜩 묻은 눈의 오르골이 나타났으니 이를 곧바로 눈치챘던 것.

"알겠습니다, 여왕이시여."

감히 누구의 명이라고 거역하겠는가. 도르래를 돌려 문을 개방했다.

열린 문을 통해 궁전 안에 발을 들이자, 서리 여왕의 마력이 그들을 이끌었다.

ㅡ이곳으로 오라. 용감한 전사들이여.

마치 자주 들락거렸던 것처럼 익숙하게 걸음을 옮겼다.

성 내부를 지나오는 동안 누구 하나 방해하지 않았다.

그녀의 마력이 정훈과 잭 두 사람의 곁에 머무르고 있었기 때문이었다.

미로와 같이 복잡한 성 내부를 헤집고 다니며 마침내 도착한 곳. 그들의 앞을 막은 건 눈꽃 모양이 그려진 거대한 문이었다.

꿀꺽.

어딜 봐도 서리 여왕의 옥좌가 있는 방이다.

긴장한 잭이 마른 침을 삼켰다.

"정말 가능하긴 한 거지?"

지금껏 한마디도 하지 않았지만, 막상 서리 여왕을 볼 생각을 하니 두려웠다. 그만큼 오래전에 본 서리 여왕의 기억은 그의 뇌리에 깊숙이 각인되어 있었다.

"걱정하지 말래도. 나도 목숨을 걸어야 하는 일이라고."

어차피 목숨을 걸어야 하는 건 똑같다.

"그래. 친구. 너만 믿을게."

전문가에게 맡기라는 등 처음의 자신감 넘치는 모습의 잭을 더는 볼 수 없었다.

　다만 눈앞에 있는 건 여전히 물욕에 대한 미련을 버리지 못한 어리석은 인간만이 있을 뿐이었다.

　'본성은 쉽게 바뀌지 않는 법이지.'

　잠깐 잭을 응시하던 정훈은 이내 문을 밀었다.

　끼이익.

　약간의 저항과 함께 문이 열렸다.

　"그대들을 기다렸노라."

　얼음으로 된 옥좌. 그곳에 앉아 있는 건 일반적인 서리 거인들과는 전혀 다른 생김새의 거인이었다.

　허리까지 닿는 은색 머리칼과 요사한 기운을 품은 보랏빛 안광.

　덩치가 비슷하다는 걸 빼면 서리 거인이라고 생각할 수 없을 정도로 아름다운 모습이었다.

　손에 든 얼음 보주를 옥좌 옆에 놓아둔 그녀가 일어섰다.

　"어서 그것을."

　평소와 달리 그녀는 약간 안달이 난 상태였다. 그럴 수밖에 없는 게 그녀의 유일한 골칫거리인 얼음 여왕의 징표였기 때문이다.

　이 눈의 오르골은 얼음 여왕에게서 한시도 떨어져 본 적이 없는 상징과도 같은 것.

일개 사냥꾼 두 명이 그녀를 쓰러뜨리진 않았을 테니 필시 신상에 어떤 변고가 생긴 게 틀림없다.

얼음 여왕의 마력이 담긴 눈의 오르골엔 당시의 흔적이 남아 있을 터. 그녀는 이를 확인하고 싶었다.

"여, 여기 있습니다."

감히 다가가지 못한 정훈이 양손에 오르골을 바쳐 올렸다.

서리 여왕의 마력이 오르골 주변을 감쌌고, 이내 허공에 둥실 떠오른 오르골이 그녀에게로 날아갔다.

"오오! 그년…… 흠흠. 아니, 그녀의 것이 분명하구나."

과격한 자신의 성격을 드러낼 뻔했다. 그만큼 지금 그녀는 흥분 상태였다.

도대체 이 망할 것에게 무슨 일이 생겼기에 아끼던 보물을 잃어버리게 된 것일까.

참을 수 없는 궁금함에 마력을 개방해 오르골에 손을 가져갔다.

"아악!"

곧장 비명이 터져 나왔다.

서리 여왕의 손이 닿은 그 순간 오르골 주변을 감싸고 있던 기운이 그녀를 구속한 것이었다.

절대의 마력을 지니고 있다 자부하던 서리 여왕조차 저항할 수 없는 미지의 힘이었다.

털썩.

균형을 잃은 그녀가 바닥에 엎어졌다.

"되, 된 거야?"

갑작스러운 변화. 이것이 정훈이 말하던 방법이라고 추측한 잭이 물었다.

"그래. 이젠 열쇠만 찾으면……."

"하하, 그 정도는 나에게 맡겨 두라고!"

정훈이 나설 새도 없이 튀어 나가는 잭.

감히 넘볼 수 없는 존재라 여겼던 서리 여왕의 몰락을 두 눈으로 지켜보고자 함이었다.

'내가 고작 이런 년에게 벌벌 떨었다니.'

괜히 자존심이 상했다.

하지만 그녀의 몸을 더듬어 열쇠를 찾음으로써 잃어버린 자신감을 다시금 되찾을 것이다.

하얀 드레스와 같은 서리 여왕의 옷 안쪽으로 잭의 손이 파고들었다.

"이게 뭐하는 짓이냐!"

"으헉!"

기절한 줄로만 알았던 서리 여왕의 일갈에 놀란 잭이 엉덩방아를 찧었다.

이대로 죽는 건가.

잭의 얼굴이 새파랗게 질렸다.

"기, 기절한 거 아녔어?"

뒷걸음질로 물러난 그가 정훈의 팔을 붙잡았다.

"기절은 무슨. 육신만 구속당한 상태야. 정신은 멀쩡하지."

오르골 안에 담긴 건 얼음 여왕의 마지막 저주.

그것은 '절대 구속'이라는 강력한 마법이었다.

제한된 시간 동안 육신의 자유를 앗아 가지만, 그 정신만큼은 멀쩡하게 유지된다.

"이게 뭐하는 짓이냐. 당장 풀지 못할까!"

육신의 자유를 빼앗긴 서리 여왕.

엎어져 있던 그녀는 단지 그 상태에서 입만을 놀릴 뿐이었다.

과연 정훈의 말은 사실이었다.

"지금 죽여 버리자."

두려움은 곧 강렬한 적의를 불러일으켰다.

에케작스를 빼 든 잭은 당장에라도 서리 여왕의 목을 내리치려고 했다.

"그만둬. 소용없는 짓이야."

그를 만류한 건 정훈이었다.

절대 구속 마법은 주위의 공간을 조작하는 마법. 외부의 그 어떤 충격도 그녀를 해할 순 없었다.

혹시 있을지 모를 분실과 도난에 대비해 손을 댄 자의 행동을 잠시간 구속하려는 것이 이 마법의 목적이었다.

움직일 순 없지만, 대신 누구도 건드릴 수 없다. 지금 서리 여왕의 상태가 그러했다.

"손도 못 댄다고? 그럼 열쇠는 어떻게 찾으려고?"

"열쇠? 오호라, 내 보물을 노리고 온 도적놈들이로구나."

잭의 입방정으로 목적이 고스란히 드러났다.

"흥! 어림없느니. 열쇠가 있는 장소는 오직 나만이 알고 있다. 네 녀석이 아무리 뒤진다 한들 찾을 수 있을 것 같으냐. 기다려라. 이 망할 마법이 풀리는 날엔 죽지도 살지도 못하게 만들어 줄 테니."

바득바득 이를 갈았다.

절대 구속은 고작해야 30분의 제한이 있는 마법이다.

시간이 지나 구속이 풀리게 된다면 저 도적 놈들에게 살아 있다는 게 불행하도록 모진 고문을 가해 줄 것이다.

"이거 그냥 튀어야 하는 거 아냐?"

서리 여왕에게서 1초라도 빨리 벗어나고 싶었던 잭이 재촉하기 시작했다.

"숨겨 둔 건 찾고 가야지."

자신만만한 서리 여왕이었지만 이 세계에서 비밀이란 건 정훈의 사전에 없는 단어였다.

곧장 얼음의 옥좌로 다가가 오른쪽 아래, 도드라지게 튀어나온 비밀 버튼을 눌렀다.

그릉.

옥좌가 밀려나며 감춰져 있었던 작은 공간이 드러났다.

그 자리를 차지하고 있는 건 겨울 왕국에서 쉽게 볼 수 없는 목재로 된 상자였다.

"안 돼. 안 된다!"

수천, 수만 번 귀에 박힌 소리였다. 열쇠의 위치가 발각당한 걸 깨달은 서리 여왕이 다급하게 소리쳤다.

"돼."

간단히 대꾸한 정훈이 상자를 열었다.

휑한 공간엔 상자의 재질과 똑같은 짙은 갈색의 나무 열쇠가 있었다.

"찾았네. 찾았어! 그럼 얼른 창고를 털러 가야지."

다시 한 번 재촉했다.

두려움에 물든 눈이 연신 서리 여왕을 살폈다. 단신으로 거인들과 혈전을 벌였던 10년간의 모습은 상상할 수조차 없었다.

30년간의 공백은 그리 한순간에 따라잡을 수 있을 만큼 짧은 시간이 아니었다.

육신은 예전의 것을 되찾았으나 정신은 여전히 피폐한 중년인 잭에 불과했던 것이다.

"튀긴 어딜? 비밀 창고가 눈앞에 있는데."

"눈앞? 안 보이는데?"

주변을 아무리 둘러봐도 방이라고 부를 만한 공간이 보이진 않았다.

"바로 여기."

나무 상자를 뒤집었다. 그곳엔 열쇠와 꼭 맞는 홈이 파여 있었다.

"그게 뭔 소리야?"

이놈이 미쳤나.

어처구니없다는 눈빛을 보내는 잭이었다.

물론 정훈은 그의 말에 일일이 대꾸하지 않았다. 다만 행동으로 보여 줄 뿐.

파여 있는 홈에 나무 열쇠를 꽂았다.

끼릭.

열쇠 구멍에서 흘러나온 푸른 기운이 점차 영역을 확장해 갔다.

그리고 그와 동시에 손에 든 상자를 바닥에 집어 던졌다.

"그, 그걸 어떻게……?"

봉인되어 있던 마력이 개방된 것을 느낀 그녀는 경악할 수밖에 없었다.

나름 머리를 쓴 것이었다. 열쇠와 함께 비밀 창고를 같이 놓아두었다고 그 누가 상상이나 할 수 있겠는가.

'근데 저 녀석은…….'

이 기상천외한 속임수를 너무도 간단히 파헤쳤다.

서리 여왕이 당황을 금치 못하고 있을 때, 바닥에 던져진 나무 상자는 놀라운 변화를 거듭하고 있었다.

연성이 있는 것처럼 이리저리 뒤틀리며 몸집을 키워 쭉 늘어난 상자는 어느새 나무 문이 되어 있었다.

"와, 이걸 어떻게 알았대?"

연신 감탄을 금치 못하는 잭을 뒤로한 채 동그란 손잡이를 잡고 밀었다. 드디어 서리 여왕의 보물창고가 드러나는 그 순간이었다.

"씨발, 이게 뭐야?"

잭의 입에서 나온 건 감탄이 아닌 실망과 분노였다.

황금과 각종 보물이 지천으로 널려 있을 거로 생각했다. 하지만 황금은커녕 반짝이는 것 따위 존재하지 않았다.

창고 안을 가득 채우고 있는 건 나무였다. 평범한 나뭇가지부터 시작해 형편없는 실력으로 조각한 나무 조각상 등. 오직 나무, 나무, 나무밖에 없었다.

"내 보물에 손 하나라도 까닥했다간……."

"안 대. 안 댄다고. 씨발. 고작 나무쪼가리 가지고. 와나 씨."

서리 여왕에 대해 두려움보다 기대했던 보물이 아닌 것에 대한 실망감이 더 컸다.

악에 받친 잭은 온갖 욕이란 욕을 다 내뱉었다.

"가, 감히 천한 녀석들이!"

"천하긴 나무쪼가리만 가진 네가 더 천하지. 어휴. 이걸 보물이라고. 이거 미친년 아냐?"

잭은 이해하지 못했지만, 서리 여왕, 아니, 모든 서리 거인들에게 나무는 엄청난 가치를 지닌 보물이었다.

니플헤임은 엄청난 추위로 인해 식물이란 게 자랄 수 없는 세계였다.

본디 보물이란 건 희소성이 있어야 하는 것.

식물이 자라지 않는 세계에서 나무는 인간 세계의 다이아몬드보다 더 희소성 있는 보물이었던 것이다.

"친구, 너도 말 좀 해 봐. 이게 말이 되냐고. 엉?"

동의를 구하려 했으나 이미 정훈은 그를 지나치고 없었다.

그는 한곳에 시선을 고정한 채 똑바로 걸어갔다.

그의 시선 너머엔 보물 나무(?)가 아닌 푸른 불꽃에 휩싸인 검이 있었다.

그 모양새가 수르트의 검과도 흡사했다. 단지 붉은색이 아닌 푸른색 불꽃이 타오르고 있다는 것만 다를 뿐.

'드디어 찾았다.'

사실 서리 여왕의 비밀 창고에 들어온 건 이번이 처음이었다.

그 존재를 알게 된 건 하늘의 도서관에 소장된 '탐험가 헤먼과 거인의 세계'를 보고 난 후였다.

이 세계에서 자주 언급되는 탐험가 헤먼의 일대기는 각종 시나리오에 대한 정보를 제공한다.

이 고서적에서 서리 여왕과 그녀의 비밀 창고에 보관된 하나의 검을 알게 된 것이다.

'레바테인.'

불의 나라 무스펠헤임에서 제작된 두 개 검 중 하나로, 수르트의 검과는 형제 사이라 할 수 있었다.

뒤에서 잭이 뭐라 말하고 있었지만, 그의 귓가엔 들리지 않았다.

모든 신경이 눈앞의 검, 레바테인에 향해 있었다.

이윽고 푸른 불꽃의 검을 눈앞에 둔 그가 손을 뻗었다.

화르륵.

오른손에 쥔 수르트의 검에서 붉은 불꽃이, 그리고 왼손의 레바리테인에선 푸른 불꽃이 그의 양팔을 타고 올라왔다.

팔을 타고 올라온 두 개 불꽃은 그의 머리 위에서 하나로 만나 맹렬하게 불타올랐다.

시간이 지날수록 손에 쥔 검이 힘을 잃은 채 작아지기 시작했다. 대신 머리 위의 불꽃이 더욱 강렬해지며 점차 하나의 형태를 띠었다.

그건 검이었다. 붉은색도 푸른색도 아닌 하얀 불꽃을 태우고 있는 백화白火의 검.

그토록 기다리던 순간. 마침내 불멸급의 무기 화신火神이 완성된 것이다.

'드디어!'

온전한 불멸급의 무구를 획득한 건 이번이 최초였다.

물론 불멸급에 준하는 오대 명검이 있었지만, 그건 모든 세트가 모였을 때 발휘되는 특수한 능력에 불과한 것이다.

수르트의 검과 레바테인이 하나 되어 만들어진 화신은 온전한 불멸급 무구였다.

그것도 현재 정훈이 가장 높은 숙련도를 지닌 검.

그야말로 호랑이에게 날개를 달아 준 격이었다.

"뭐야, 이 친구. 한탕 노리라고 하더만, 정작 자기가 노리는 게 따로 있었네."

노골적으로 불만이 가득한 잭의 시선이 느껴졌다.

당연한 일이었다. 마치 대단한 보물이라도 있는 것처럼 말해 놓곤 홀랑 자기 것만 챙긴 것이다.

"거짓말은 아냐."

분명 보물이 있긴 있다.

"서리 여왕을 죽이면 네가 원하는 보물을 얻을 수 있을 테니까."

사실 조금 전까지만 해도 무력으로 서리 여왕을 상대하는 건 불가능했다.

하지만 화신을 손에 넣은 지금은 다르다. 그녀의 유일한 약점을 손에 쥐고 있었기 때문이다.

"후우, 정말. 난 됐어. 보물이고 뭐고 관심 없으니까 너나 다 가져."

기대했던 보물도 얻지 못했는데, 자살까지. 이제 더는 버틸 수 없었다. 이 미친놈과 있다간 목숨이 열 개라도 남아나지 않을 테니 죽기 전에 갈라지는 수밖에.

"어디 잘해 보라고, 친구. ……어?"

미련 없이 등을 돌리려던 잭은 별안간 느껴지는 기이한 기분에 자신의 몸을 살폈다.

눈이 녹아내리고 있었다.

아니, 녹아내리는 게 아니라 점차 사라지고 대신 그 속에 감춰져 있었던 본래의 모습이 드러났다.

그렇게 얼마 지나지 않아 잭은 서리 거인이 아닌 본래의 모습으로 되돌아갔다.

"이게 어떻게 된 거야?"

허망한 눈빛이 정훈을 향한다.

"어떻게 되긴. 변신 시간이 다 된 거지."

서리 거인으로 변신할 수 있는 시간은 고작 15분. 지금 그 제한 시간이 다한 것이었다.

"제한 시간이…… 있었어?"

"물론. 평생 서리 거인으로 있을 거라 생각한 건 아니지?"

"그래. 근데 이렇게 짧은 줄은 몰랐는데."

"깜빡하고 말을 안 해 줬나 보네."

마치 자신 일이 아닌 것처럼 너무 당당했다.

"씨앙."

욕지거릴 내뱉었다.

단지 그뿐만이 아니다. 마음속으로는 수십 번도 더 난도질

했다.

하지만 그것을 실천으로 옮기진 못할 뿐이었다.

정훈, 그가 사지로 이끈 장본인이자 또 한편으론 이 위기에서 꺼내 줄 유일한 구원자이기도 했기 때문이다.

"이제 어떻게 할 건데?"

당했다는 생각에 어투에서 불만이 가득 묻어 나왔다.

"넌 그냥 보고만 있어."

지금까지 그래 왔던 것처럼 잭이 할 일은 없다.

'나중엔 제일 큰일을 하겠지만.'

물론 아직은 아니다. 그때를 위해 귀찮더라도 잭을 이끄는 수밖에 없었다.

비밀 창고에서 나온 정훈은 서리 여왕을 향해 다가갔다.

"죽인다. 죽인다. 죽여. 씹어 먹어 버리고 말테다."

살의만으로 누군가를 죽일 수 있다면 정훈과 잭은 사지가 갈기갈기 찢어져 죽었을 것이다.

그만큼 지금 서리 여왕의 분노는 극도로 달해 있었다.

"바라는 대로 해 줄 테니 너무 그러지 마."

옅게 미소 지은 그는 바닥을 굴러다니고 있는 눈의 오르골을 짓밟았다.

콰직.

마력이 빠져나간 오르골은 힘없이 부서졌다.

마법의 매개체인 오르골이 부서지면서 서리 여왕은 구속

에서 벗어날 수 있었다.

벌떡 몸을 일으킨 그녀의 몸 주위로 마력의 폭풍이 몰아쳤다.

"네놈이 제정신이 아닌 게로구나."

도망칠 기회를 스스로 부쉈다.

그렇다면 이에 응해 주는 게 인지상정.

"보아라. 나의 증오가 몰아치니…… 응?"

그 와중에도 품격 있게 말하던 그녀는 자신을 향해 날아온 것으로 인해 더는 말을 잇지 못했다.

그것은 반으로 갈라진 눈꽃 모양의 펜던트였다.

"니플헤임의 왕 자리를 놓고 나와 한번 겨뤄 보자."

왕의 권위에 도전할 수 있는 유일한 아이템이었다.

고대에 니플헤임의 왕은 지닌바 무력의 힘으로 선출되었다.

모든 거인에게 기회가 있었고, 또한 많은 이들이 정점에 서고자 단련을 게을리하지 않았다.

이것이 서리 거인이 지닌 강함의 원천이었다.

남녀노소를 가리지 않고 누구나 왕이 되기 위해 밤낮없이 노력했던 것이다.

그야말로 눈부신 황금기를 맞이할 수 있었지만, 영원한 것은 없는 법.

시간이 지나며 정점을 향한 그들의 노력은 쇠퇴하기 시작했다.

두 가문이 출현했다.

각기 서리와 얼음이라 칭해지는 두 가문은 다른 거인들에 게선 볼 수 없는 특출 난 재능을 지니고 있었다.

그것은 바로 마법. 육체적인 힘만을 중시하던 거인들에겐 미지의 힘이라 부를 만한 것이었다.

단련된 육신과 마법의 힘이 합쳐진 두 가문의 힘은 상상을 초월했고, 당연하게도 왕의 자리는 두 가문이 번갈아 차지할 수밖에 없었다.

압도적인 재능은 평범한 이들의 의욕을 꺾는 법.

단련을 포기한 거인들은 그저 두 가문에 복속되길 원했다.

정점을 향해 저마다 단련에 여념 없던 거인들의 황금기는 금방 막을 내리고, 쇠퇴기가 찾아왔다.

무력감이 거인들을 지배하던 나날들.

그렇게 오랜 시간이 지났을 때, 누구도 예상하지 못한 사 건이 일어났다.

서리와 얼음 가문이 아닌 프로즌이라는, 한 서리 거인이 왕의 좌를 차지한 것이었다.

마법이 아닌 육신의 단련으로 극의極意를 깨우친 그는 많 은 거인에게 희망이 되었다.

다시 한 번 단련의 열풍이 니플헤임을 휩쓸어 가던 그 시 점, 프로즌은 사망한다.

프로즌을 인정할 수 없었던 두 가문에서 합심해 저주를 내린 것이다.

권력에 눈이 먼 그들은 이미 순수한 거인으로서의 모습을 많이 잃은 상태였다.

눈엣가시와도 같은 프로즌을 제거했으나 그 일로 거인들의 신뢰를 잃은 두 가문은 다시는 이와 같은 일이 벌어지지 않도록 수를 썼다.

눈꽃 펜던트를 반으로 나눴고, 이를 지닌 자는 누가 왕이 됐든 언제나 왕좌에 도전할 수 있는 징표로 삼겠다고 공표했다.

사실상 서리와 얼음 가문 이외엔 그 누구에게도 권력을 나눠 주지 않겠다는 것과 다름없었지만, 이미 그들에게 세뇌되어 버린 거인들은 아무런 반발도 하지 못했다.

힘겹게 찾아온 황금기의 물결은 금방 시들었고, 두 가문의 횡포는 날이 갈수록 심해졌다.

누군가 그랬다. 권력은 마약과 같아서 한 번 쥐게 되면 놓치지 않으려 한다고.

그건 거인들도 마찬가지였다.

한 번씩 돌아가며 왕좌를 차지하는 것도 모자라 모든 권력을 쥐고 싶었다.

선수를 친 건 서리 가문이었다.

타고난 서리 마력과 더불어 연구에 연구를 거듭한 비전 마력을 결합한 강대한 마력을 완성시킨 것이다.

짜고 치던 왕위 쟁탈전에서 연이어 승리를 거둔 서리 가문. 이에 분노한 얼음 가문이 총공세를 시작하면서 서리와 얼음의 전쟁이 시작되었다.

사실 두 가문이 지닌 힘의 차이는 거의 없었다.

불과 얼마 전까지만 해도 말이다.

서리와 비전 마력이 결합된 엑슬론 마법은 서리 가문의 압도적인 승리를 안겨 주었다.

그 힘이 차이를 느낀 얼음 가문에서 항복을 선언했으나 이참에 숙청을 마음먹은 그들에겐 받아들여지지 않았다.

피의 숙청이 시작되었다.

얼음 가문에 소속된 모든 거인이 죽어 나갔고, 그 기세는 가문이 멸족할 때까지 멈추지 않을 것만 같았다.

더는 두고 볼 수 없었던 가문의 마지막 희망, 얼음 여왕은 눈꽃 펜던트로 서리 여왕에게 왕위 쟁탈전을 신청했다.

일종의 끌기였다.

왕위 쟁탈전이 열리는 때엔 그 누구를 막론하고 피를 흘려선 안 된다는 항목을 이용한 것.

다른 누구도 아닌 자신들이 발표한 법을 어길 수는 없었기에 잠시간 전투가 멈추고 왕위 쟁탈전이 시작되었다.

결과는 예정되어 있었다.

얼음 여왕은 패배했고, 서리 여왕의 손에 숨이 끊어지려는 찰나, 가문에서 준비하고 있었던 대규모 이동 마법을 통해 살아남은 얼음 가문의 생존자 모두가 무사히 얼음 궁전을 빠져나갈 수 있었다.

정훈이 게임 속에서 쓰러뜨린 얼음 여왕이 바로 이때 살아남은 얼음 가문의 생존자였다.

그녀에게서 얻은 반쪽의 눈꽃 펜던트는 왕위에 도전할 수 있는 징표. 왕이 된 자는 이 도전을 거부할 수 없었다.

"그년의 오르골을 지니고 있었던 게 우연이 아니었던 모양이로구나."

처음에는 반신반의했지만, 이것으로 확실해졌다.

발밑의 이 하찮은 인간들이 얼음 여왕을 죽인 게 틀림없다.

그렇지 않고서야 눈꽃 펜던트를 지니고 있을 턱이 없었으니 말이다.

"좋다. 이것은 고대로부터 내려온 신성한 의식. 비록 일족이 아니라곤 하나 나에겐 이 도전을 거부할 권리가 없으니."

서리 여왕의 몸에서부터 강대한 비전 마력이 뿜어져 나왔다.

"뭐야?"

공격인가.

놀란 잭이 반사적으로 검을 빼 들었다.

물론 대항할 마음은 눈곱만큼도 없는, 정말 반사적인 행위에 불과했다.

"공간을 넘어."

서리 여왕의 손끝을 통해 뿜어져 나온 보랏빛 마력이 두 사람을 감싸기 시작했다.

"으, 으악!"

겁에 질린 잭이 에케작스를 마구잡이로 휘둘렀다.

"하하, 정말 꼴불견이로구나."

잭의 반응에 서리 여왕이 비아냥거렸다.

물론 그 혼자만의 요란 법석이었다.

바로 옆에 있던 정훈은 아무런 저항도 하지 않은 채 그저 보랏빛 마력에 몸을 맡겼다.

아주 잠깐 하얀 섬광이 터져 나온 듯했다.

그 찰나의 빛은 놀라운 변화를 이끌어 냈다.

주변을 둘러보니, 분명 조금 전까지 서리 여왕의 옥좌에 있었던 그들은 원형 경기장에 도착해 있었다.

"피의 왕좌에 온 것을 환영한다, 이방인들이여."

두 팔을 벌린 서리 여왕이 환영의 인사를 건넸다.

"싸워라!"

"쟁취하라!"

"승자만이 왕위에 오르리라!"

둥글게 가로막힌 벽 위로 마련된 관람석을 꽉 채우고 있는 건 서리 거인들의 영혼이었다.

서리와 얼음의 두 가문의 합작품으로, 전대 왕들의 영혼을 깨워 이곳에 가둬 두었던 것이다.

물론 초기와는 조금 달라진 점이 있었다.

정정당당한 대결을 원했던 서리 여왕은 고대의 마법을 이용, 전대 왕들의 영혼에 힘을 부여했다.

정당한 대결이 아닌 비겁한 수를 쓴다거나 패배를 인정하지 않는 머저리들에겐 영혼의 저주가 깃들어 1분 이내에 죽음을 맞이하게 되는 강력한 마법.

자신의 실력에 자부심을 지닌 서리 여왕의 허영심.

그 결과가 바로 이것이었다.

"둘 중 누가 왕위에 도전하겠는가."

서리 여왕의 시선은 이미 정훈에게 향해 있었다.

"내가 하지."

예상했던 대로 정훈이 나섰다.

"그럼 꼴불견, 네 녀석은 꺼져라."

그녀가 손짓하자 잭의 모습이 사라졌다. 어느새 그는 관람석의 구석 쪽으로 이동해 있었다.

"친구, 제발 이겨 줘. 이기지 못하면 죽더라도 널 가만두지 않을 거야!"

간절함을 담은 잭의 외침을 뒤로했다.

서리 여왕과 마찬가지로 정훈 또한 그녀를 똑바로 응시하고 있었다.

'한 번도 이겨 본 적이 없었지.'

게임 속에서 그녀에게 도전했다가 수십 번 실패를 거듭했었다.

얼음 여왕까지는 그리 어렵지 않았다.

물론 그마저도 많은 실패를 거듭했었지만, 서리 여왕과 비교하면 조족지혈이었다.

10초. 단 10초를 넘기지 못한 채 쓰러지기 일쑤였다.

세이브도 되지 않는 통에 그녀에게만 몇 개월을 허비했던 아픈 기억이 있었다.

'하지만 지금은 이길 수 있다.'

그는 확신했다. 애초에 확신하지 않았다면 덤비지 않았을 것이다.

무장을 바꾸었다.

다행히 피의 왕좌는 한기가 침범하지 않는 지역이었기에 수정 갑옷을 벗어 던질 수 있었다.

수정 갑옷을 대신한 건 불타오르는 갑옷, 성물급 세트 아이템인 헬리오스의 불꽃이었다.

모든 물 속성 공격에 대해 50퍼센트의 추가 방어력을 제공하고, 불 속성 공격력을 150퍼센트 증가시킨다.

그뿐만이 아니다. 마찬가지로 성물급에 해당하는 헤스티아의 목걸이, 베스타의 반지 한 쌍을 착용해 세트 효과 불의 여신이 발동돼 불 속성이 100퍼센트 증가되었다.

이 모든 무장은 오직 하나를 위해서였다.

화르륵.

백화의 검, 화신이 불타올랐다.

무려 250퍼센트나 증가된 불 속성으로 인해 뿜어져 나오는 열기가 모든 것을 태울 듯했다.

"네, 네 녀석이 어떻게 그의 기운을……?"

화신을 본 서리 여왕은 소스라치게 놀랄 수밖에 없었다.

이건 미개한 인간 따위가 낼 수 있는 기운이 아니었다.

모든 거인에게 경외의 존재인 오직 '그'만이 지닌 고유의 힘.

"결투를 시작하라!"

이에 아랑곳하지 않은 초대 니플헤임의 왕 아돈의 외침으로 왕위 쟁탈전은 시작되었다.

"눈치채는 게 너무 늦었어."

정훈은 옅은 미소를 띠었다.

그러곤 시작과 동시에 화신을 휘둘러 불멸급 무기의 격을 발동했다.

"라그나뢰크."

신들의 황혼을 불러일으켰던 거인 수르트. 그의 기운을 담은 백색 불꽃이 사방으로 뻗어 나갔다.

일정 지역을 모두 불바다로 만들어 버리는 대범위 공격. 그것을 이 좁은 경기장에서 사용한 것이었으니 도망갈 공간 따위는 없었다.

"이익!"

이번 공격에 모든 마력을 쏟다시피 했다.

미증유의 거대한 힘을 느낀 서리 여왕은 감히 경시하는 마음 없이 모든 마력을 쥐어짰다.

늦지 않게 그녀의 몸 주위로 하얀 서리 보호막이 생겨났다.

어김없이 백색 불꽃이 그곳을 덮쳤다.

'이 정도론 안 돼.'

멸망의 불꽃이 주변을 뒤덮었다. 하지만 정훈은 이에 만족하지 않았다.

상대는 서리 여왕이다.

녀석을 제외하면 현 3막에선 가장 강력한 보스. 아무리 강력한 공격이라지만, 한 방에 쓰러지진 않을 터였다.

방심한 틈을 타 끝장을 볼 것이다.

"불의 검이 나타나 세계를 잿더미로 만들지니."

콰콰콰콰쾅.

거대화된 화신이 서리 여왕이 있던 자리를 강타했다.

엄청난 폭발이 일어났다. 강력한 마법으로 강화된 경기장이 부서지며 파편이 여기저기 흩뿌려졌다.

"멸망의 불꽃이 떨어진다."

검을 높게 치켜들어 시동어를 외쳤다.

높게 솟은 천장 위. 그곳에서부터 백색 불꽃 덩어리들이 아래로 떨어졌다.

목표는 서리 여왕이 있다고 짐작되는 바로 그곳이었다.

그야말로 자연재해에 가까운 정훈의 무차별 폭격이 연이어 펼쳐졌다.

그는 쉬지 않았다.

끝장을 보기 위해 화신에 내재된 2개의 격과 4개의 특수 능력을 모두 사용했다.

마침내 공격이 끝나고, 화신은 백색의 불꽃을 잃은 채 평범한 불의 검으로 돌아갔다.

무기에 내재된 모든 능력을 사용한 탓에 그 힘을 잃어버린 것이다.

정훈은 정면을 응시했다.

그곳엔 폭발의 여파로 흙먼지가 자욱하게 피어 있었다.

키잉.

오딘의 안대가 시야 너머를 보여 주었다.

"흐음."

서리 여왕은 쓰러지지 않았다.

조금 전과는 달리 조금은 옅은 보호막의 보호를 받으며 멀쩡히 서 있었다.

먼지가 걷히고 마침내 드러난 그녀의 모습은 마냥 멀쩡하지만은 않았다.

드레스는 거멓게 그을렸고, 눈으로 이뤄진 몸이 부분적으로 녹아내리고 있었다.

"이 정도의 힘이라니. 정말 놀랍구나."

진심이었다.

하등한 인간 따위가 이 정도의 힘을 낼 수 있다니.

만약 자신의 마력이 조금만 모자랐어도 버티지 못했을 것이다.

"하지만 그것도 끝이다."

가장 까다로운 화신의 기운이 소멸되었다.

마력이 많이 낭비되건 했어도 인간 하나를 죽이지 못할 정도는 아니었다.

화신의 공격을 모두 버텨 낸 시점에서 승리는 바로 그녀의 것이었다.

"내 너에게 경의를 표하며 단숨에 죽여······."

"지랄하네."

정훈이 대뜸 그녀의 말을 끊었다.

마치 다 이긴 것처럼 말하는 게 어처구니없었다.

"김칫국은 그만 드시고. 이거나 받아."

그의 등 뒤로 오대 명검이 떠올랐다.

오른손의 창 궁니르가 붉은 섬광을 뿌렸고, 왼손에는 스스로 움직이는 검 프라가라흐가 상대를 베기 위해 움직이고 있었다.

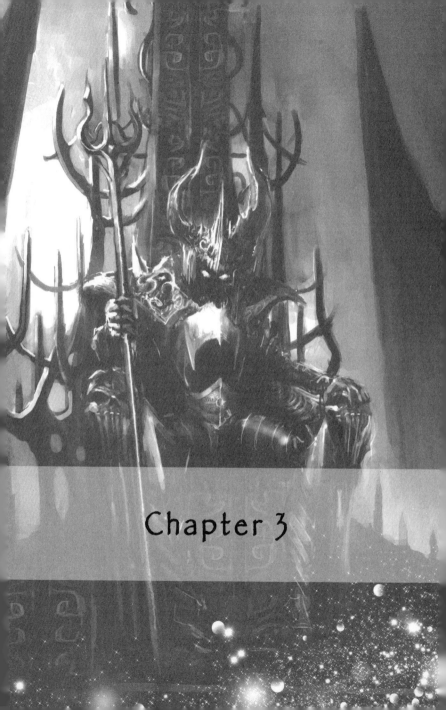

Chapter 3

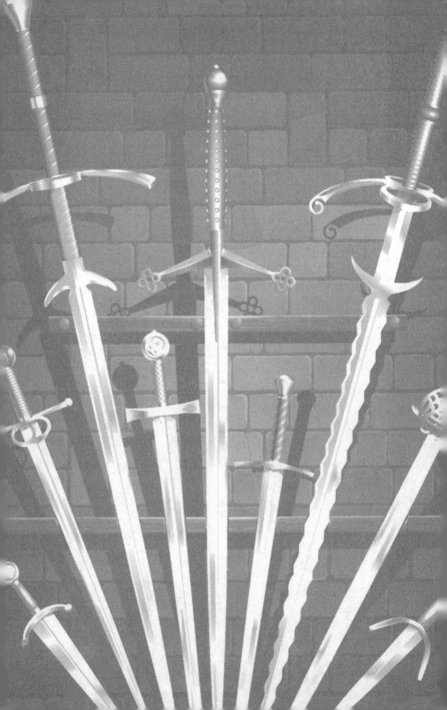

　궁니르가 붉은 섬광을 뿌리고, 오대 명검과 의지를 지닌 검 프라가라흐가 허공을 수놓았다.

　미스틸테인의 격으로 인해 유도 능력이 부여된 묠니르가 전격을 뿌린 채 쇄도할 때 정훈의 천근살과 신궁 예를 떠난 화살이 서리 여왕의 혼을 쏙 빼놓았다.

　한 사람이었다. 한 사람이 검, 망치, 화살, 창 등 온갖 다양한 무기를 구사하는 그 광경은 장엄하기까지 했다.

　"이까짓 무기 따위!"

　물론 서리 여왕의 저항도 만만치 않았다.

　결코, 피할 수 없이 사방을 점한 채 들어오는 무기의 공격을 비전 마법의 순간 이동 능력을 이용해 회피했다.

이곳저곳, 공간을 넘나드는 그녀의 움직임을 따라잡는 건 쉬운 일이 아니었다.

게다가 어쩌다 생기는 빈틈이 있다 해도 서리 보호막이 안전하게 그녀를 보호해 주었다.

'틈이 보이지 않아.'

물론 마냥 좋기만 한 상황은 아니었다.

쉴 틈 없이 이어지는 연계에 공격의 엄두를 낼 수 없었다.

선기를 빼앗긴 탓이다.

처음에 방심만 하지 않았더라도 이렇게 몰리지는 않았을 텐데.

"네 녀석은 부끄럽지도 않으냐. 네가 지닌 본신의 실력으로 겨뤄 보자!"

점차 궁지에 몰리던 서리 여왕이 악에 받쳐 소리쳤다.

그도 그럴 게 상대는 본신이 지닌 무력이 아닌 무기의 능력에 기대어 싸우고 있었기 때문이다.

이 신성한 자리에서 고작 무기 따위에 의존하는 전투라니. 부끄럽지도 않단 말인가.

"웃기고 있네."

얕은 도발에 반응하지 않았다.

이 세계에선 아이템이 곧 무력.

보란 듯이 가진 아이템을 더 적극적으로 활용하기 시작했다.

"이익!"

거세지는 정훈의 공격에 점차 손발이 어지럽게 엉켰다.

평소라면 이따위 저급한 무기에 당하지 않았겠지만, 지금 서리 여왕의 상태는 정상이 아니었다.

처음 화신의 폭격에 당한 게 너무 컸다. 이 강력한 공격에서 살아남기 위해 너무 많은 마력을 소모한 것이다.

거의 모든 마력을 소모한 그녀는 지금 제한된 마법밖에 사용할 수 없는 상태였다.

'시간, 시간이 필요해.'

사실 비전 마법은 강력한 대신 마력의 소모가 너무 크다.

회피를 위해 어쩔 수 없이 사용하고 있지만, 이대로 가다간 마력이 바닥나 자멸하게 될 판이었다.

약간의 쉴 틈. 그 틈만 주어진다면 마력을 회복에 역전할 수 있을 것이다.

그렇다면 방법은 하나.

"허상의 공간 속에서 허우적대라."

역전의 발판을 마련하기 위한 한 수. 서리 여왕은 남은 마력을 쥐어짜 허상의 지대를 펼쳤다.

일정 주변 내를 마력의 장으로 둘러싸 시전자가 원하는 허상을 만들어 내는 것.

"실체를 한 번 찾아보아라."

"내가 어디 있을까?"

"여기다, 여기!"

경기장 안을 가득 메운 건 서리 여왕의 분신들이었다.

단순한 허상이 아니다.

행동도 다 다르고, 심지어 말도 할 수 있다.

진짜와 같은 가짜. 그것이 바로 허상의 지대가 보여 주는 환영이었다.

정훈은 그 자리에 멈춰 섰다.

갈 곳을 잃은 무기들도 허공에서 자릴 지켰다.

죽이기 전까지 절대 멈추지 않을 몰니르 또한 바닥에 떨어졌다.

마력의 장이 지닌 힘이 미스틸테인의 고유 능력을 깨 버린 것이다.

'허상의 지대라. 귀찮긴 그지없는 능력이지.'

정훈도 익히 알고 있는 능력이었다.

게임 속에서 그가 상대했던 대다수의 고위급 마법사가 이 마법을 사용했다.

어떻게 보면 그들의 생존기와도 같은데, 많이 사용하는 만큼 뛰어난 효용성을 자랑했다.

우선 육안으로는 실체와 허상을 분간하는 게 불가능하다.

그럼 범위 공격으로 쓸어 버리면 되지 않을까.

당연히 안 된다. 미스틸테인의 능력이 깨어진 것처럼 범위 공격을 무력화시키기 때문이다.

그렇다고 하나하나 허상들을 상대했다간 적이 마력을 회복하는 시간을 주는 꼴이 된다.

　여러모로 진퇴양난의 상황이었다.

　'그렇게 되진 않을걸.'

　예전이었다면 알면서도 당할 수밖에 없었을 것이다.

　하지만 지금 그에겐 이 모든 것을 꿰뚫어 볼 수 있는 오딘의 안대가 있었다.

　"내 눈앞에 진실을 보여라."

　키잉.

　오딘의 안대가 지닌 능력 중 하나. 바로 허상을 꿰뚫어보는 능력이었다.

　주변을 가득 메운 서리 여왕의 허상이 사라졌다.

　그리고 보이는 건 경기장 끝, 그 벽에 기대어 휴식을 취하고 있는 단 하나의 서리 여왕이었다.

　실체를 발견했지만, 서두르지 않았다.

　이건 기회였다.

　아직 자신의 실체를 발견하지 못했을 거라 생각하고 있는 서리 여왕을 급습할 절호의 기회였다.

　단 한 번의 기회를 마련하기 위해 미끼를 던졌다.

　일부러 주변 허상을 공격하며 방심을 유도했다.

　처음엔 긴장된 눈으로 정훈의 일거수일투족을 주시하던 서리 여왕의 눈에 약간의 안도감이 비쳤다.

'한 방에 끝낸다.'

조금 전처럼 여지를 남겨 뒀다간 또 무슨 일을 벌일지 알 수 없다.

그렇기에 이번 한 번에 모든 것을 걸었다.

눈치채지 못하도록 몇 개 무장을 교체했다.

반신 펜릴을 죽인 바 있었던 전설급 액세서리인 드라우프니르와 허리띠 메긴교르드, 그리고 장갑 야른그레이프까지.

세트 효과인 예다의 보물이 발동하자 손에 쥔 묠니르의 전격이 더욱 거세졌다.

주위에 흩어져 허상을 공격하던 오대 명검과 프라가라흐도 서서히 실체를 향해 범위를 좁혀 가기 시작했다.

워낙 은밀히 이루어진 변화라 마력 회복에 바쁜 서리 여왕이 눈치채는 건 어려운 일이었다.

'조금만 더. 조금만.'

이제 다 되어 간다.

원하던 마력 회복에 가까워 오는 그 희열의 순간…….

"망치 나가신다!"

드라우프니르의 추가 타격, 메긴 교르드의 두 배 근력, 묠니르의 전격 공격력을 300퍼센트 상승시켜 주는 야른그레이프.

더불어 예다의 보물이 지닌 세트 효과로 공격력이 100퍼센트 상승한 묠니르가 정훈의 손을 떠나 빛살과도 같이 날아갔다.

"이, 이런!"

자신을 향해 똑바로 날아오는 망치 속에 깃든 어마어마한 힘을 깨달은 서리 여왕은 지금껏 자신이 모은 모든 마력을 방출했다.

곧 그녀의 몸 주변을 단단한 얼음 갑옷이 둘러쌌다.

지금까지 보여 주었던 하얀 서리 보호막이 아닌 절대의 방어를 제공하는 서리 마법인 얼음 갑옷이었다.

다급하게 선택한 것치곤 나쁘지 않다. 보통의 공격이었다면 말이다.

콰득.

첫 충돌에, 절대 방어라던 얼음 갑옷이 산산이 부서졌다.

놀라운 건 서리 여왕의 반응이었다.

얼음 갑옷이 부서짐과 동시에 마력으로 유지되는 서리 보호막을 이중, 삼중으로 펼쳤다.

무리한 마력의 소모로 눈과 코, 입에서 푸른색 피가 흘러나오기 시작했다.

마력의 역류로 인한 후유증. 하지만 살아남을 수만 있다면 얼마든지 감수할 만한 일이었다.

힘겨루기가 시작되었다.

파괴의 힘을 지닌 묠니르는 어떻게든 보호막을 부수기 위해 새파란 전격을 마구잡이로 뿌려 대기 시작했고, 남은 모든 마력을 쥐어짠 서리 여왕의 보호막이 이를 제지했다.

"그것만 신경 쓰면 안 되지."

낭랑하게 울려 퍼지는 음성.

이 다급한 순간에도 서리 여왕의 고개가 주변을 훑었다.

"아……."

그 순간 그녀는 절망을 맛볼 수밖에 없었다.

정훈의 손을 떠난 다양한 무기가 엄청난 기운을 뿌리며 다가오고 있었다.

묠니르 하나만으로도 벅찬 상황에 저 많은 무구의 힘을 감당할 턱이 없었다.

허망한 그녀의 시선이 무기 너머 정훈에게 향했다.

"내가 졌노라."

마지막 순간 그녀는 자신의 패배를 시인했다. 물론 그녀의 승복에도 손을 멈추진 않았다.

"그래. 잘 가."

나지막한 한마디. 그리고……

쿠앙!

묠니르를 비롯한 다양하고도 수많은 무기가 그녀의 육신을 강타했다.

"새로운 왕이 탄생했노라!"

폭사한 서리 여왕의 육신 파편이 어지러이 흩뿌려질 무렵.

초대 왕 아돈이 정훈의 승리, 곧 새로운 왕이 탄생했음을 알렸다.

−니플헤임의 지배자 서리 여왕 처치. '언령 : 서리를 다스리는 자' 각인.

−니플헤임의 왕위 등극. '언령 : 서리의 왕' 각인.

> ### 언령 : 서리를 다스리는 자
> **획득 경로** : 니플헤임의 지배자 서리 여왕 처치
> **각인 능력** : 냉기의 영역에서 모든 능력치 200 상승. 물 속성 +10퍼센트. 물 속성 공격 완전 방어 항목 추가
>
> ### 언령 : 서리의 왕
> **획득 경로** : 서리 여왕을 처치하고 왕위 등극
> **각인 능력** : 영원의 터. 얼음 궁전 이용 가능

'영원의 터!'

언령의 상세 능력을 확인하던 정훈은 깜짝 놀랄 수밖에 없었다.

영원의 터. 헤먼의 일대기에서도 잠깐 언급되기만 한 신비한 거주지를 말한다.

'……일반적인 거주지 이외에도 영원의 터라는 신비한 힘을 지닌 곳이 있다. 보통의 거주지는 시나리오를 넘어 이동하게 되면 사라지게 되지만, 이곳은 언제든 원할 때 다시 되돌아갈 수 있는 그야말로 영원한 안식처. 나도 소문을 듣고 이 쉼터를 얻기 위해 부단히 노력했으나 뜻을 이루진 못했다.'

헤먼이 언급한 영원의 터는 정훈도 경험해 보지 못한 미지의 세계였다.

존재한다는 것도 뒤늦게 알았는데, 설마 이곳에서 얻게 될 줄은 꿈에도 몰랐다.

'이 얼음 궁전이 내 소유가 되는 거로군.'

경험해 보지 못한 부분이었기에 알 수 없는 것투성이였다.

다만 한 가지 확실한 건 이 거대한 궁전이 자신의 소유가 되었다는 것이었다.

'차차 알아 가도록 하고.'

영원의 터에 관한 건 나중이다. 지금 당장 해야 할 일은 서리 여왕이 있던 자리에 떨어진 전리품을 확인하는 일이었다.

무려 5개의 씨앗과 각종 생산에 필요한 희귀 재료, 그리고 달빛 기운을 머금은 성물급 무기 찬드라하스까지.

고작 3막의 네임드 보스라는 걸 생각하면 어마어마한 보상이었다.

하지만 정작 정훈의 그것들에는 관심이 없었다.

그의 시선은 오직 한곳에 고정되어 있었다.

그곳엔 반으로 갈라진 눈꽃 모양의 펜던트가 있었다.

서리와 얼음 여왕이 각기 하나씩 지니고 있던 펜던트.

마침내 서리 여왕이 지닌 반쪽을 얻어 하나의 펜던트를 완성시킬 수 있게 된 것이다.

떨어진 전리품을 모두 회수했다.

보관함에 들어온 반쪽짜리 펜던트 두 개를 꺼냈다.

'드디어.'

희열에 찬 얼굴로 갈라진 펜던트를 하나로 합쳤다.

그러자 펜던트에서부터 핏빛 기운이 뿜어져 나왔다.

그것은 찰나에 불과했다.

환상처럼 사라진 빛과 함께 펜던트에도 변화가 있었다.

본래 둥근 모양이었던 형태가 깨어진 파편이 되었다.

게다가 눈꽃 모양이었던 문양 대신 혀를 날름거리고 있는 거대한 뱀의 형상이 그 자릴 대신했다.

그건 펜릴을 처치하고 얻은 파편과도 흡사했다.

다른 점이라면 파편 속에 새겨진 문양과 느껴지는 기운.

펜릴의 파편이 음습한 기운을 풍겨 대고 있다면 이건 아무런 기운도 없는, 그저 평범한 파편에 불과했다.

'아직 완성된 게 아니지.'

미완성에 불과한 파편.

이 파편이 지닌 힘을 복원시키기 위해선 불가능한 한 가지 위업을 이루어 내야만 한다.

"이봐, 친구!"

상념에 빠진 정훈에게 다가오는 잭의 얼굴엔 살았다는 안도감으로 화색이 돌았다.

'이젠 네가 나서 줄 차례다.'

지금까진 마냥 쓸모없는 존재에 불과했지만, 이제부턴 다르다. 오직 그만이 할 수 있는 일을 행해야 할 때였다.

"뭘 그렇게 쳐다봐? 뭐 묻었어?"

강렬한 정훈의 눈길이 부담스러웠던 잭이 물었다.

"별일 아냐."

그러나 정훈은 대수롭지 않다는 듯 이내 시선을 돌렸다.

"볼일을 마쳤으니 돌아가자."

"볼일? 친구. 말은 똑바로 해야지. 내 볼일은 하나도 못 봤다고."

물론 한 건 없다.

그건 본인 스스로 가장 잘 알고 있었지만, 그래도 목숨 걸고 온 곳이지 않은가.

빈손으로 돌아가기가 못내 허전할 수밖에 없었다.

"받아."

그의 투정에 미리 준비해 둔 주머닐 건넸다.

"이게 뭔데?"

"선물."

선물이라는 말에 갑자기 표정이 밝아진 잭은 곧장 끈을 풀어 내용물을 확인했다.

"오옷!"

얼굴에 황금빛 광채가 드리운다.

주머니 속에는 100코인짜리 동전이 가득 들어 있었다.

정확히 세 보진 않았지만, 이 정도 양이라면 평생 놀고먹어도 살 수 있을 정도의 금액이 틀림없었다.

'흐. 이 정도면 1년은 진탕 즐길 수 있겠어.'

누군가에게는 평생 쓰고 남을 돈, 하지만 또 누군가에게는 고작 1년 만에 탕진할 쌈짓돈에 불과했다.

"흠. 조금 모자란 것 같은데. 좀 더 줄 수 없어 친구?"

괜히 한 번 더 찔러 보았다.

뜯어낼 수 있을 때 왕창 뜯어내려는 속셈일 것이다.

물론 정훈이라고 그걸 모를 턱이 없었다.

"이 정도면 충분하겠지."

방금 준 것보다 더 큰 주머니였다.

"어, 어어? 물론이지!"

사실 큰 기대는 안 했다.

혹시나 싶어 찔러 본 것에 불과한데 진짜로 더 줄 줄이야.

게다가 조금 전보다 더 묵직하지 않은가.

"하하핫! 내가 사람 보는 눈 하나는 정확하다니까. 고마워, 친구."

혹여 누가 뺏어갈세라 나머지 주머니를 챙겼다.

잔뜩 밝아진 표정으로 주머니를 품에 넣던 그의 표정이 바뀌는 건 순식간이었다.

"근데 어떻게 나가지?"

궁전 안을 지키고 있는 서리 거인에 생각이 미친 것이다.

아무리 강적인 서리 여왕을 물리쳤다지만, 쪽수 앞에 장사 없다고, 수많은 서리 거인을 어떻게 상대할 것인가.

"녀석들이라면 문제없지."

그리 말하는 정훈의 어조는 그 어느 때보다 확신에 차 있었다.

　　　　　　　　✦

"왕위에 오르신 것을 경하드립니다, 이방인의 왕이시여."

괜한 자신감이 아니었다. 정훈을 본 모든 서리 거인들이 무릎을 꿇으며 경의를 표했던 것이다.

피의 왕좌에서 있었던 일, 정훈이 서리 여왕을 쓰러뜨리고 왕좌를 차지한 건 이미 모든 서리 거인들에게 각인되어 있었다.

초대 왕 아돈의 공표 때문이었다.

영혼의 울림이라는 특수한 능력은 왕위 쟁탈전에서 승리한 정훈을 공식적인 니플헤임의 왕으로 만들어 놓았다.

나오기 전만 해도 잔뜩 겁에 질려 주저하던 잭은⋯⋯.

"에헴, 에헴. 이 미천한 것들아. 왕과 그 친구님이 납신다. 길을 비켜라!"

오히려 자기가 더 거들먹거리기 시작했다.

그의 이 시건방진 태도는 궁전을 나오기 전까지 계속되었다.

두 사람은 아무런 방해도 없이, 아니, 오히려 환영을 받으며 궁전 밖으로 나왔다.

'얼음 궁전에 관한 건 차차 알아보도록 하고.'

거주지의 집사와 같은 역할의 시종과 마주쳤다.

궁전의 새로운 주인이 된 정훈에게 영원의 터에 대한 잡다한 설명을 시작하려 했지만 듣지 않았다.

당장은 해야 할 일이 있었기 때문이다.

자신이 가고자 하는 곳을 강하게 연상하며 황금 나침반을 꺼냈다.

침이 가리킨 방향은 북서쪽. 그곳을 향해 걸음을 옮겼다.

"같이 가."

얼음 궁전을 보며 아쉬움에 입맛을 다시던 잭 또한 그의 뒤를 따랐다.

　

처음과는 달리 이동하는 데 그리 어려움이 없었다.

누구 하나 죽일 것처럼 사납게 몰아치던 눈발이 많이 누그러져 있었던 탓이다.

연신 주변을 두리번거리던 잭은 뭔가 의문을 느낀 듯.

"흠, 친구, 우리 돌아왔던 곳으로 가는 거 아녔어?"

이 겁쟁이에, 욕심 많은 애늙은이는 사방이 트여 방향을 분간하기 어려운 곳에서도 놀라운 촉을 발휘했다.

"들를 데가 있어서."

아무 일도 아닌 듯 태연히 말을 이었다.

"그래? 난 돌아가는 줄 알았는데."

그리 말하며 품 안의 주머니를 꼭 쥐었다.

아무것도 가진 게 없었던 처음엔 용길 낼 수 있었지만, 지금은 상황이 많이 달라졌다.

몇 년간 진탕 놀 만한 돈이 있다. 언제 무슨 일이 닥칠지 모르는 니플헤임을 한시라도 빨리 벗어나고 싶은 마음뿐이었다.

"그냥 들렀다가 갈 테니까 안심해."

대수롭지 않게 말했으나 잭의 입장에선 그게 더 불안했다.

"친구, 네가 그런 반응을 보일 때면 뭔가 큰일을 벌이던데. 이거 믿어도 되는 거야?"

의심이 가득 담긴 눈초리로 응시한다.

"싫으면 나 혼자 가도 돼."

물론 잭과 동행하지 않으면 안 되는 일이다.

이럴 땐 사정하는 것보다 세게 나가는 게 좋다.

교묘한 심리전을 활용한 것이었다.

"아니. 이 친구 보게. 내가 언제 믿기 싫대? 그냥 그렇다는 거지. 얼른 가자고."

돌아가는 길이 조금 늦어지면 어떠하리. 정훈이라는 든든한 보험을 놓칠 수 없었던 잭. 괜히 성질을 건드렸다 싶었는지 오히려 앞장서서 걷기 시작했다.

멀찍이 걸어가는 잭을 바라보던 정훈은 보관함을 열어 황금 봉투를 꺼냈다.

일전에도 사용한 바 있던 황금 올빼미 편지였다.

곧장 편지지를 꺼낸 그는 그곳에서 필요한 내용을 기록해 날려 보냈다.

'이제 시작이다.'

조금은 위험한 모험을 시작해야 할 시간이었다.

이해가 일치한 탓일까. 그들은 예상했던 것보다 일찍 목적지에 도착할 수 있었다.

"뭐, 뭐야 이게?"

두 사람이 앞엔 거대한 뱀 머리 모양의 얼음상이 있었다.

누군가 빙산을 깎아 만든 듯 거대한 크기.

불길한 느낌에 휩싸인 잭이 정훈에게 바짝 붙었다. 아니, 그러려고 했다는 게 맞을 것이다.

"어으아."

변화는 순식간이었다.

몽롱한 눈빛을 한 잭의 손등에 예의 그 붉은 낙인이 나타났다.

그리고 동시에 그의 품 속에서도 같은 빛이 새어 나왔다.

그건 정훈이 건네준 주머니에서부터 나오는 것이었다.

'시작됐군.'

과연 예상했던 대로다.

사실 정훈이 처음 건네준 주머니 안에는 100코인과 함께 펜던트가 합쳐져 완성된 뱀의 파편이 들어 있었다.

제물의 낙인, 뱀의 파편, 그리고 눈앞에 있는 얼음상이 모이게 되면 그가 그려 놓은 최종 그림이 완성된다.

"그분이 나의 몸을 빌려 강림하신다!"

흰자위로 가득 차있던 잭의 눈동자는 어느새 붉은빛을 띠고 있었다.

알 수 없는 말과 함께 걸어갔다.

드드득.

겉을 감싸고 있던 얼음이 부서지며 감겨 있었던 뱀의 눈이 드러났다.

그건 단순한 얼음상이 아니었다.

섬뜩한 파충류의 눈이 잭을 주시했다.

"부활의 때가 왔으니."

웅웅거리는 음성이 사방으로 메아리쳤다.

쩌억.

세상 모든 것을 삼킬 듯 거대한 아가리가 벌어졌다.

"세계를 집어삼키리라."

뒷말을 중얼거린 잭은 벌려진 뱀의 아가리 속으로 걸어 들어갔다.

칠흑을 품은 목구멍 속으로 그의 모습이 완전히 사라졌을 때, 뱀의 눈은 완연한 핏빛으로 물들었다.

허공에 머물러 있던 그 눈은 이내 정훈에게 향했다.

─네 녀석이 날 깨운 것이냐.

고작 눈빛이다. 그런데 그것 하나만으로 감히 고개조차 들 수 없는 압박감이 정훈을 짓눌렀다.

'큭, 역시 온전히 부활한 녀석은 다르긴 다르네.'

강할 거라곤 예상했다.

하지만 막상 대면한 녀석은 상상을 초월할 정도의 힘을 지니고 있었다.

이는 당연한 일이었다.

눈앞의 거대 뱀은 펜릴과 같은 3대 재앙 중 하나인 요르문간드였기 때문이다.

본래는 신격을 지녔으나 저주를 받아 재앙으로 추락한 존재.

그들이 지닌 힘을 한낱 인간에 불과한 정훈이 추측하는 건 한계가 있었다.

─흐음. 이상하군. 나의 종도 아니건만.

이 영악한 뱀은 봉인된 중에도 비축해 놓은 힘을 지상 곳곳에 뿌렸다.

그 힘에 취한 몇몇 무리는 '뱀의 사도'라는 집단으로 거듭

났고, 그들에게 계시를 내려 자신이 부활할 방법은 언질해 뒀었다.

마땅히 자신을 깨우는 건 이 사도들이어야만 했다.

그런데 눈앞에 있는 건 사도가 아니었다.

자신이 나눠 준 힘이 느껴지지 않았던 것이다.

"부활했으면 됐지. 따지기는."

요르문간드의 부활에 관한 정보를 얻게 된 건 3막을 끝내고 난 후의 일이었다.

뱀의 사도라는 집단을 털어 뱀의 경전을 얻을 수 있었는데, 이곳에서 요르문간드의 부활 방법을 알게 되었다.

3대 재앙이 지닌 증표를 모두 모아야 하는 정훈은 마침내 요르문간드를 부활시킬 수 있었고, 이제는 녀석을 쓰러뜨리는 일만 남았다.

'혼자 상대할 수 있다면 좋겠지만.'

무리다. 아니, 자살행위나 다름없었다.

태고급 무구라도 지니고 있었다면 어떻게 비벼 봤겠지만, 불멸급만으로는 불가능한 일이다.

'무대는 모두 마련되었다.'

그렇기에 많은 준비가 필요했고, 이미 모든 준비를 마쳤다.

—네 말이 맞다. 이렇게 난 부활했고, 그렇기에 너에게 상을 주마.

핏빛 눈이 더욱 요사스럽게 빛났다.

—바로 죽음이라는 안식을 말이다.

쩌억 벌린 아가리에서부터 녹색 액체가 뿜어져 나왔다.

세상의 모든 것을 녹여 버리는 강력한 요르문간드의 독액이었다.

하지만 요르문간드가 무슨 짓을 벌일지 뻔히 알고 있었던 정훈은 이미 천마에 올라탄 상태였다.

힘찬 날갯짓과 함께 독액의 영향 범위를 벗어났다.

치이익.

지면과 닿은 독액이 요란한 소릴 내며 녹아 들어갔다.

-내게서 벗어날 수 있을 것 같으냐.

"어. 벗어날 수 있어."

그리 말한 정훈은 니플헤임을 벗어나 지상 세계로 하강하기 시작했다.

그러던 중 놀라운 광경을 확인할 수 있었다.

거인 세계로 연결해 준 마법의 콩 나무. 그것의 정체는 요르문간드의 몸체였다.

요동치는 몸체와 함께 요르문간드의 머리가 움직여 정훈의 뒤를 바짝 쫓았다.

'걸리면 끝이다.'

그 속도가 상상을 초월했다. 이대로 가다간 붙잡힐 게 뻔한 일이었다.

그의 신발이 바뀌었다.

그건 작은 날개가 부착된 샌들이었다.

"따라올 테면 따라와 봐."

전령 헤르메스의 샌들 탈라리아.

별다른 전투 능력은 없지만, 이동속도를 높여 주는 능력 하나만큼은 탁월하다.

특히 탈라리아의 격을 발동하면 5분 동안 이동속도가 200퍼센트 상승하고, 지속 시간이 줄어들수록 속도가 대폭 상승한다.

쉬이익.

격을 발동하자 주변의 사물이 빠른 속도로 스쳐 지나갔다.

엄청난 바람의 압력으로 눈조차 뜰 수 없을 지경이었으며, 그 속도는 그야말로 섬광과도 같았다.

ㅡ이노옴!

거리가 점점 벌어졌다. 하지만 요르문간드의 추격은 멈추지 않았다.

요르문간드 또한 속도를 높여 정훈을 뒤쫓기 시작했다.

추격전은 금방 끝이 날 수밖에 없었다.

탈라리아의 제한 시간은 고작해야 5분.

하지만 고작 5분 만에 영지 베로나를 목전에 두었다.

"정훈 님!"

준형은 공중에서 하강하고 있는 정훈을 발견하고 소리쳤다.

그 덕에 정훈은 그와 함께 미리 대기하고 있는 협력 길드 원들을 확인할 수 있었다.

"시작해!"

다급한 정훈의 말에 그들이 서로를 돌아보았다.

"에라 모르겠다."

"이래 죽으나, 저래 죽으나."

잠깐 망설이던 그들은 이내 서로를 향해 우격다짐을 시작했다.

그리고 공간이 찢어졌다.

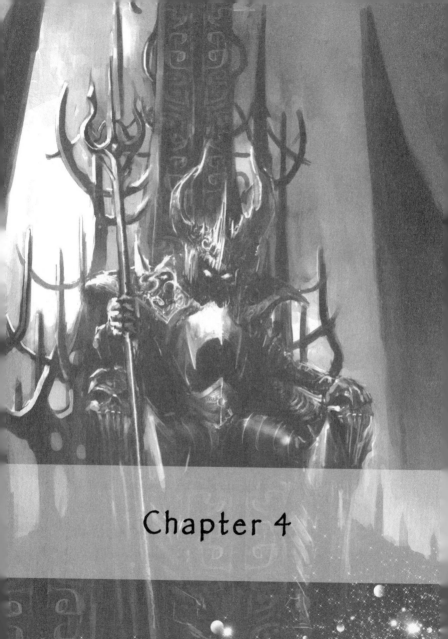

Chapter 4

"감히 누가 신성한 영지에서 소란이냐!"

영지 내의 무분별한 전투로 황금병이 나타났다.

"이 녀석들이 분명히 경고했건만 또 말썽을 피우다니. 용납할 수 없다."

먹잇감을 찾듯 그의 눈이 사방을 훑었다.

목표야 널려 있다. 여기 있는 대다수가 서로를 향해 주먹다짐했으니 말이다.

'왔다.'

아직 지상에 내려오지 못한 정훈은 요르문간드에게 쫓기는 도중에도 상황을 주시하고 있었다.

마침 나타난 황금병을 보며 무장을 교체했다. 아니, 분명 무장을 교체했는데 몸을 가리고 있던 게 하나씩 사라지면서 이내 맨몸이 되었다.

'어쩔 수 없지.'

노출증이 있는 게 아닌, 벌거벗은 임금님 세트를 착용한 것이다.

하나씩 따로 착용하면 보통의 무구와 같지만, 투구, 갑옷, 장갑, 부츠의 4개 세트를 모두 갖추면 투명하게 변하는 특수 무장이었다.

"벌거벗은 나는 그 무엇도 두렵지 않으니."

모든 세트를 갖춤과 동시에 격을 발동했다.

이로써 정훈은 10초간 무적의 방어력을 지니게 되었다.

그것은 물리, 마법, 그 어떤 속성에 관한 공격에도 침범당하지 않는 절대의 영역이었다.

무적의 보호막을 등에 업은 정훈의 손에서 붉은 섬광이 번뜩였다.

손을 떠난 궤적은 정확히 황금병에게 향하고 있었다.

"어딜!"

그 속도는 육안으로도 분간할 수 없을 만큼 빨랐으나 황금병에겐 통용되지 않는 수준이었다.

이 놀라운 무력을 지닌 존재는 황금빛 광채로 빛나는 검을 가볍게 내리그었다.

카앙!

미증유의 힘을 내포한 황금검이 붉은 섬광을 갈랐다.

그간 선봉의 역할을 톡톡히 하던 궁니르는 황금병의 일격에 허무하게 무너졌다.

"감히 내게 도전하려 하다니."

공격의 궤적 끝. 공중에서 하강하고 있는 정훈을 노려보았다.

'괴물 대 괴물의 싸움이구나.'

'아무리 봐도 저건 아닌 것 같은데.'

'괜히 불똥 튀기는 건 아니겠지?'

정훈이 보낸 황금 올빼미 편지로 모여 있던 협력 길드원들은 느닷없이 시작된 전투에 흥미와 불안 등이 섞인 눈빛을 보내고 있었다.

지금까진 정훈에 대한 확실한 믿음이 있었지만, 그 상대가 황금병이라면 이야기가 달라진다.

영지 내, 분쟁이 일어나는 곳이라면 그 어디든지 나타나 압도적인 힘으로 제압한다.

그 과정 중에 보인 힘은 같은 인간이라곤 생각할 수 없을 정도로 대단한 것이었다.

아무리 괴물 같은 정훈이라 해도 진짜 괴물인 황금병의 상대가 될 리가 없다.

대부분이 그리 판단하고 있었다.

"가드에 대한 도전은 즉결처분이다!"

앞서 말한 것처럼 서로 간의 분쟁이라면 벌금, 혹은 감금형에 처해 지겠지만, 가드에 대한 공격은 즉결처분할 수 있다.

황금검에 맺힌 찬란한 기운이 반월형으로 뭉쳐 뻗어 나갔다.

키잉!

오딘의 안대가 위험을 알렸다.

선명하게 그려지는 궤적, 이를 피하기 위해 움직이려 했지만…….

스윽.

어깨 쪽에 미약한 충격이 느껴졌다.

'벌써?'

이미 황금 궤적을 그의 오른쪽 어깨를 베고 지나간 뒤였다.

공격을 인지하는 순간 검기는 그를 베었다.

그건 시공간을 초월할 정도의 능력이었다.

'섬뜩하군.'

만약 벌거벗은 임금님 세트의 능력으로 인한 무적 상태가 아니었다면 오른팔을 상납해야 했을 것이다.

물론 이 상정 불가능한 능력은 예측한 바. 모든 게 그의 예상대로 흘러가고 있었다.

－감히 이 몸에게. 건방지구나!

정훈의 뒤를 바짝 쫓고 있었던 요르문간드. 이 거대한 뱀의 미간 부근에 약간의 생채기가 나 있었다.

황금병이 쏘아 보낸 검기로 인한 상처였다.

분노한 요르문간드의 핏빛 눈이 더욱 붉게 물들었다.

-캬악!

정훈에게서 시선을 돌린 녀석의 독액이 지상으로 향했다.

다행히 그곳엔 황금병을 제외한 누구도 없었다.

조금 전까지 구경에 여념 없던 준형과 협력 길드원들은 미리 언질 받았던 대로 모임의 깃털을 사용해 피신했던 것이다.

치이익.

요란한 소리를 낸 요르문간드의 독액이 지면으로 스며들었다.

매캐한 냄새와 함께 닿는 모든 것을 녹여 버렸다.

단 한 사람을 제외하면 말이다.

"이 괴물. 영지를 어지럽히지 마라!"

황금병. 그는 독액을 뒤집어쓰고도 멀쩡한 모습이었다.

달라진 점이 있다면 찬란한 황금빛 갑옷이 녹색으로 물들었다는 것.

이는 그가 착용한 '페르디아의 갑옷'이 지닌 특수 능력이었다.

이 갑옷은 피해를 받은 첫 속성 공격을 흡수해 지속 시간 동안 해당 속성으로부터의 면역 능력을 제공한다.

요르문간드의 독액을 흡수한 페르디아의 갑옷은 독 속성에 면역을 갖춘 상태였다.

요르문간드를 영지의 주요 위험 요소라 판단한 황금병 또한 정훈에게서 시선을 돌렸다.

아무렇게나 검을 휘둘렀다. 하지만 그 결과는 놀라웠다.

서걱, 서걱.

공간마저도 초월한 황금병의 검이 요르문간드를 베고 있었다.

태양검, 클라우 솔라스가 지닌 공간을 베는 능력이었다.

이 강력한 검은 공간을 넘나들며 어떤 곳에서든 공격이 가능한 무기였다.

-이놈!

단단한 비늘로 인해 그리 큰 피해를 받진 않았으나 여간 거슬리는 게 아니었다.

분노한 요르문간드가 다시 한 번 독액을 쏟아냈다.

하지만 이미 독에 면역을 가지고 있는 페르디아 갑옷에는 아무런 소용이 없었다. 다만 영지가 크게 훼손될 뿐이었다.

"이게 무슨 짓이냐!"

지켜야 할 영지가 훼손되자, 황금병 또한 크게 분노했다.

하지만 그보다 먼저 요르문간드의 공격이 들어왔다.

콰콰쾅.

독이 소용없다는 사실을 깨달은 요르문간드가 머리로 들이받았다.

이 거대한 재앙은 단순히 들이박는 것만으로도 모든 것을 박살 낼 만한 힘을 지니고 있었다.

마치 운석이 떨어진 것처럼 지면에 거대한 크레이터가 생겨났다.

하지만 그곳엔 정작 있어야 할 황금병이 보이지 않았다.

"소용없다!"

분명 조금 전까지 없었던 황금병이 그 자리에 나타났다.

왼손 중지에 낀 귀게스의 반지가 지닌 능력 덕분이었다.

이 반지의 특수 능력을 발동하면 모습이 사라진다.

단순히 모습만 사라지는 게 아니라 차원에서 분리되어 아예 존재 자체를 없애는 것이다.

조금 전 요르문간드의 공격에서 능력을 발동했고, 위험이 사라진 후 다시 모습을 드러낼 것이다.

'저게 진짜 사기지.'

그 광경을 바라보던 정훈은 감탄해 마지않았다.

황금병 본신의 무력도 만만치 않지만, 그보다 더 위험한 건 몸에 두르고 있는 무구였다.

공간을 가르는 태양검 클라우 솔라스, 적 속성의 면역을 제공하는 페르디아의 갑옷, 게다가 모든 공격을 회피할 수 있는 귀게스의 반지까지. 황금병을 상징하는 이 3개 무구는 정훈이 그토록 바라 마지않던 태고 등급의 아이템이었다.

'분명 녀석을 쓰러뜨리면 얻을 수 있다.'

그간 모아 온 정보에 의하면 황금병을 물리칠 경우 그가 지닌 3개 신기 중 하나를 얻을 수 있었다.

무려 태고급의 무구다. 어떻게든 이를 얻기 위해 갖은 수단과 방법을 다 동원해 봤지만, 좌절을 겪어야만 했다.

저 미친 무력을 보라. 무려 반신에 해당하는 요르문간드와 사투를 벌이고 있었다.

마냥 불가능해 보였던 일이었다.

그 돌파구를 찾은 건 뱀의 사도들이 지닌 경전을 획득하고 나서였다.

우연하게도 황금병과 요르문간드는 모두 3막에 등장하는 괴물들이다.

만약 이 둘을 싸움 붙인다면 어떨까.

상상 속에서나 가능했던 일이 눈앞에서 펼쳐지고 있었다.

'한가하게 구경하고 있을 때가 아니지.'

분명 승부는 한쪽으로 기울게 되어 있다.

그리고 그 승자를 예측하는 건 어렵지 않은 일. 괴물들의 사투를 짧게 응시하던 정훈은 이내 발걸음을 옮겼다.

독액으로 시커멓게 변한 대지를 거닐었다.

쾌쾅!

"도, 도망쳐!"

"도대체 이게 무슨 일이야!"

이미 영지는 괴물들의 사투로 난리가 난 상황이었다.

워낙 강력한 공방이 오가다 보니 힘겹게 쌓아 올린 성벽은 무너지고, 곳곳의 거주지 또한 폐허가 되었다.

그뿐이면 다행이다.

의도하진 않았지만, 자연스럽게 배출된 독기로 피해가 속출하고 있었다.

혼란의 도가니가 된 영지를 누비던 정훈이 멈춘 곳은 처음 잭을 만났던 그의 집이었다.

두 괴물의 전투가 이루어지는 곳은 서쪽 외곽.

이와 멀리 떨어져 있었던 동쪽 외곽은 피해로부터 안전할 수 있었다.

'여기로군.'

시선을 내리깔고 주변을 훑던 정훈은 느닷없이 땅을 파기 시작했다.

그렇게 얼마나 파 내려갔을까. 칙칙하던 바닥에서 오색 영롱한 빛이 조금씩 새어 나왔다.

이를 발견한 정훈의 손이 빨라졌다.

마침내 드러난 것.

그것은 예의 오색영롱한 빛을 뿜어 대는 성인의 머리만 한 공이었다.

"찾았다!"

기쁨에 탄성을 내질렀다.

혹시 없을지도 모른다고 생각했다.

하지만 경전에 기록되어 있던 내용은 거짓이 아니었다.

'이제 끝이 보인다.'

오래전부터 그려 놓은 그림의 마지막이 보이는 듯했다.

콰앙!

요르문간드의 꼬리가 지면을 짓뭉갰다.

보기엔 그저 단순한 휘두르기에 불과하나 이 단순한 공격의 빠르기와 위력은 상상을 초월하는 수준이었다.

오히려 단순하기에 더 무서웠다.

"후우, 후우."

어김없이 귀게스의 반지로 위험에서 벗어난 황금병은 거친 숨을 내뱉었다.

장시간에 걸친 전투는 아니었다. 하지만 태고급의 무구를 사용해야 하는 그로선 30분의 전투가 상당히 곤욕스러웠다.

등급이 높은 무구인 만큼 체력과 마력의 소모가 극심했다.

지금까지야 그 압도적인 힘으로 순식간에 적을 절단 냈지만, 상대는 3대 재앙의 하나이자 반신인 요르문간드였다.

특히 녀석은 모든 공격에서 육신을 보호하는 강력한 비늘과 불사에 비견되는 생명력을 지닌 존재.

한낱 인간에 불과한 황금병이 상대하기는 벅찬 괴물 중의 괴물이었다.

─네 녀석의 끝이 보이는구나.

새빨간 혀를 날름거린 요르문간드가 웃는 듯 보였다.

솔직히 조금은 놀라웠다. 인간 중에 이토록 강한 힘을 지닌 이가 있을 줄은 예상하지 못했다.

만약 그에게 불사의 생명력이 없었다면 진즉 쓰러져도 쓰러졌을 터. 물론 이 불사에는 한 가지 비밀이 있었지만, 그건 누구도 모르는 일이었다.

─얌전히 나의 먹이가 되어라!

끝을 직감했음일까.

거대한 아가릴 벌린 요르문간드가 황금병을 삼키기 위해 쏜살같이 움직였다.

처음에 비해선 조금은 둔해졌으나 여전히 빠르고 유연한 움직임이었다.

'끝인가.'

다가오는 요르문간드를 보며 황금병이 뇌까렸다.

조금 전 최후의 일격을 펼쳤던 게 화근이었다.

모든 힘을 짜낸 궁극의 일격을 펼쳤으나 상대는 쓰러지지 않았다.

분명 몸뚱이가 갈라졌는데, 놀랍게도 다시 붙었다.

그 광경을 본 순간부터 패배를 직감하고 있었다. 상대는 불사의 생명력을 지니고 있는 존재였으니.

끝을 직감한 황금병이 두 눈을 감았다. 이제 더는 대응할 힘 하나 남아 있지 않은 탓이었다.

푸욱.

등에서부터 화끈한 열기가 피어났다.

삼켜지는 게 아니라 통증이라니.

의문을 느낀 황금병이 뒤를 돌아봤을 때였다.

"미안하지만 막타를 쳐야 해서."

황금빛 광채에 휩싸인 엑스칼리버를 든 정훈이 옅은 미소를 짓고 있었다.

교묘하게 갑옷 사이, 이음새를 파고든 엑스칼리버는 황금병의 심장을 꿰뚫었다.

불의의 일격을 허용한 황금병의 두 눈은 생기를 잃었다.

털썩.

그의 육신이 지면으로 쓰러졌다.

절대의 경비병이라 불리던 존재가 무너지려는 바로 그 순간이었다.

-베로나의 수호자 황금병 처치. '언령 : 수호신' 각인.

언령이 각인되었다.

그뿐만 아니라 반짝이는 전리품 또한 떨어져 있었으나, 언령의 상세 정보를 확인할 시간도 전리품을 주울 시간도 없었다.

독기를 잔뜩 머금은 요르문간드가 입을 벌린 채 다가오고 있었던 탓이다.

황금병이 쓰러졌으나 아랑곳하지 않는다. 어차피 황금병이나 정훈이나 쓰러뜨려야 할 성가신 존재인 건 마찬가지였으니.

쏜살과도 같이 다가오는 움직임을 피하기엔 늦은 상황이었다.

정훈은 순간이동의 반지를 사용했다.

파앗.

번쩍이는 섬광과 함께 공간을 뛰어넘었다.

어느새 요르문간드에게서 멀찍이 떨어진 공간에 떨어진 그가 말했다.

"그렇게 날뛰지 않는 게 좋을걸."

조금 전 땅을 파고 얻은 오색영롱한 공을 꺼내 보였다.

재차 정훈을 집어삼키기 위해 움직이려던 요르문간드의 움직임이 일순 멈췄다.

─네, 네 녀석이 어떻게 그걸?

감정조차 느껴지지 않던 섬뜩한 파충류의 두 눈은 지진이라도 만난 듯 흔들렸다.

경악할 수밖에 없었다.

정훈에 손에 든 오색 공. 그건 바로 요르문간드가 지닌 불사의 비밀이자 생명의 원천, 여의주如意珠였다.

본디 영물에 이른 뱀은 인고의 세월에 거쳐 생명의 기운으로 뭉쳐진 여의주를 만들게 된다.

이는 승천을 위한 수련의 일종이었지만, 영악한 요르문간드만큼은 달리 해석했다.

자신의 생명을 떼어 내어 따로 보관하는 곳.

그렇게 그는 여의주가 깨지지 않는 이상 절대 죽지 않는 불사의 권능을 손에 넣을 수 있었다.

머리가 으깨어져도, 몸이 반으로 갈라져도 죽지 않는다.

여의주만 멀쩡하다면 말이다.

"어떻게 얻었는지가 중요한 게 아니지."

모든 건 뱀의 경전이 가르쳐 주었다.

이 경전에는 요르문간드의 부활에 관한 내용이 대부분이었지만, 신비한 권능을 지닌 여의주에 관한 부분도 짤막하게 나와 있었다.

요르문간드 님의 육신을 구성하게 될 마법의 콩은 곧 신비한 권능을 가진 여의주로 화할지니…….

물론 자세한 내용은 없었다.

그저 요르문간드의 부활과 함께 마법의 콩이 여의주로 변한다는 것.

이것만 보면 그리 대단한 정보는 아니지만, 탐험가 헤먼의 일대기를 통해 여의주가 곧 유일한 약점임을 알 수 있었다.

"내가 이걸 부수면 어떻게 될까. 아, 그러고 보니 조금 전에 보니까 반 토막이 났던 것 같은데, 괜찮으려나?"

불과 조금 전, 황금병의 공격에 의해 몸이 반 토막 나는 치명상을 입었다.

여의주가 멀쩡한 상태라면야 시일을 들여 천천히 기운을 흡수해 고갈된 생명력을 보충하면 될 테지만, 혹여 박살이라도 났다간 그걸로 요르문간드의 목숨은 끝이었다.

─원하는 게 뭐냐?

깨뜨릴 시간은 차고도 넘쳤다.

그럼에도 대화를 시도한다는 건 원하는 게 있음을 의미하는 것.

아직 기회가 있다는 걸 깨달은 요르문간드가 요구 조건을 물었다.

"역시 똑똑하네."

뱀 주제에 정확히 상황을 파악하고 있었다.

이러면 대화하기가 편할 수밖에.

"네가 품고 있는 알과 여의주를 교환하지."

─아, 알? 내 알을 말이냐?

"그래. 바로 그 알."

이건 계획에 없던, 우발적인 행동이었다.

상대의 생명줄을 손에 쥔 김에 뜯어낼 만큼 뜯어내 보자는 심산이었다.

요르문간드가 지닌 것 중 가장 탐나는 건 뭐니 뭐니 해도 녀석의 알이었다.

'내 예상이 맞는다면 더 강해질 수 있다.'

확실한 건 아니다. 그저 추측에 불과하지만, 예상이 맞는다면 요르문간드의 알은 그 목표를 이루는 윤활유의 역할을 해 줄 것이 분명했다.

—…….

정훈의 요구에도 한동안 묵묵부답이었다.

이때 정훈의 특기가 발휘되었다.

"알이야 어차피 다시 품으면 되는 거, 고민할 이유가 있어?"

고민할 거리가 아님을 알고 있었다.

사실 요르문간드가 품은 알은 자식이 아닌 단순한 먹이에 불과했다.

그, 아니, 그녀가 삼킨 수많은 생명은 알의 양분이 되고, 적당한 양분이 모이면 마침내 알은 부화한다.

부화한 새끼 뱀은 요르문간드의 영양가 있는 식사거리다.

이 매정한 어미는 새끼를 섭취함으로써 좀 더 강력한 힘, 그리고 육신을 얻게 되는 것이다.

사실 요르문간드가 고민하고 있는 것도 자식에 대한 사랑 때문이 아니었다.

그깟 알쯤이야 얼마든지 줄 수 있다. 다만 이 인간을 믿을 수 있느냐는 게 문제였을 뿐.

–널 어떻게 믿지?

요르문간드는 자신의 고민을 표현했고.

"나도 바보는 아니야. 어차피 다시 부활할 게 뻔한데 괜히 성질을 건드릴 이윤 없지."

펜릴과 요르문간드와 함께 3대 재앙 중 하나인 헬은 죽은 자들의 세계 헬하임을 다스리는 여제.

자신의 영역에 온 형제자매를 모른 척하지 않을 것이다.

시일은 좀 걸리겠지만, 다시금 부활하게 될 터.

–호오. 그것까지 알고 있었더냐?

확실히 그렇다.

맏이인 헬은 매번 죽음의 그림자에서 그들을 꺼내 주었다.

어떻게 보면 인맥을 통한 비리를 저지르고 있는 셈이지만, 헬하임을 다스리는 유일한 존재에게 대들 만한 존재는 없었다.

그제야 마음을 놓았다.

하긴 생각해 보면 그렇다.

다시 부활할 걸 아는데 괜히 건드렸다가 좋은 꼴을 보기는 힘들 테니 말이다.

–꽤 똑똑한 인간이로구나. 어차피 너희완 율법으로 묶여 있어 계속 마주치게 될 터이니. 그래. 내게 대항하는 건 아주 무의미한 짓이지.

"단, 내게도 조건이 있다."

-말해 보아라.

"거래가 끝나는 대로 내 안전을 보장해 줄 것."

지금이야 생명줄을 쥐고 있어 대화가 가능한 거지, 만약 여의주가 넘어가게 되면 입장은 뒤바뀌게 된다.

황금병이야 상정 불가능한 괴물이었던 탓에 요르문간드와 치고받았던 거지, 정훈으로선 불가능한 일이었다.

특히 지금은 서리 여왕과의 전투로 대부분의 무구의 능력을 소실한 상황이니 안전을 보장받아야만 하는 처지였다.

-여의주만 무사히 넘겨준다면 네 녀석의 목숨을 보장해 주도록 하마.

생각할 것도 없다는 듯 흔쾌히 수락했다.

"거래 성립이로군."

서로의 이해가 일치하면서 거래는 성립되었다.

-웩!

크게 벌린 요르문간드의 아가리에서부터 독액 섞인 뭔가가 튀어나왔다.

웬만한 집 한 채 정도의 크기의 그것은 하얀 바탕에 초록색 반점이 있는 거대한 알이었다.

-무엇에 쓸진 모르겠으나 필요하다면 가져가거라.

옮기기엔 버거워 보일 정도로 무척 거대했다.

하지만 정훈은 시스템의 영향을 받는 입문자였다.

보관함에 들어가자 무한한 칸 중 하나를 차지하는 것에 불과했다.

　-세계를 휘감은 뱀, 요르문간드의 알 획득.

　-알의 부화까지 3,500일 소요됨.

　-자세한 내용은 상세 정보 열람을 통해 가능.

　특수 아이템을 얻으면서 시스템이 활성화되었다.

　'좋아!'

　예상됐던 알림에 환호했다.

　-제 여의주를 넘기거라.

　상세 정보를 열람해 볼 틈은 없었다.

　알을 받았으니 이제는 그 대가인 여의주를 넘겨줘야 할 시간이다.

　"물론이지. 자, 받아."

　정훈의 손을 떠난 여의주가 포물선을 그리며 요르문간드를 향해 날아갔다.

　'멍청한 녀석. 여의주만 얻으면 네 녀석은 끝이다.'

　요르문간드의 두 눈이 요사스럽게 빛났다.

　약속 따위 아무래도 상관없다.

　유일한 약점인 여의주만 무사히 손에 넣는다면 감히 자신을 겁박한 녀석을 한입에 집어삼키고 알을 되찾을 것이다.

　가장 안전한 자신의 뱃속에 여의주를 넣기 위해 입을 벌릴 때였다.

　요르문간드는 볼 수 있었다. 여의주의 뒤를 바짝 쫓고 있는 검은 섬광을.

분명 조금 전까지만 해도 보이지 않던 그것은 붉은 용비늘로 장식된 단검이었다.

─아, 안 돼!

갑자기 빨라진 단검이 여의주를 갈랐다.

"안 되긴, 뭐가 안 돼?"

여의주와 함께 정훈이 쏘아 보낸 단검, 리딜이었다.

원하는 시간을 설정해 목표를 명중시킬 수 있는 신비한 능력의 단검은 정훈의 의도대로 여의주를 갈라 버렸다.

애초에 이 사악한 뱀이 약속을 지키지 않을 것을 알고 있었다.

아니, 설혹 몰랐다고 해도 살려 두지 않을 작정이었다.

서로가 검은 속내를 품고 있었고, 그 승자는 조금 더 검은 속내를 지닌 정훈이었다.

투툭.

반으로 갈라진 여의주가 지면에 떨어졌다.

오색영롱한 빛은 사라지고 진한 회색만이 그 자리를 대신했다.

생명의 기운을 잃어버린 여의주와 함께 요르문간드의 변화도 시작되었다.

스스스.

거대한 뱀의 육신이 회색 재가 되어 바람에 흩어지고 있었다.

－나는, 나는 죽지 않는다. 지옥에서 기어 올라와 네 녀석을 집어삼킬 것이다.

분노가 극에 달한 외침이 영지를 쩌렁쩌렁하게 울렸다.

"누가 남매 아니랄까 봐. 네 늑대 동생이랑 똑같은 대사네."

어디서 많이 들어 본 대사였다.

그건 바로 펜릴이 죽음 직전에 내뱉은 저주와 같았다.

－그, 그럼 네 녀석이 펜릴을 죽인 그…….

얼마 전 펜릴의 기운이 소멸된 것을 확인했다.

이 멍청한 녀석이 또 누군가에게 당했나 싶었는데, 그 장본인이 눈앞에 있었던 것이다.

"맞아. 그리고 찾아올 필요 없어. 내가 헬하임으로 찾아갈 테니까. 그때 보자."

잘 가라는 듯 손을 흔들어 주었다.

그것이 요르문간드의 눈에 들어온 마지막 광경이었다. 거대한 뱀의 육신은 완전히 재가 되어 흩날렸다.

－전체 안내 발송

－지구 소속 입문자 한정훈이 세계를 휘감은 뱀 요르문간드 정복.

－불후의 업적을 달성한 입문자 한정훈에게 모든 능력치 +200, 독 속성 +15퍼센트 부여.

－최초로 요르문간드를 정복한 입문자 한정훈에게 '언령 : 멸망을 막

은 자(2)' 각인.

─요르문간드를 정복한 입문자 한정훈에게 '언령 : 라그나뢰크(2)' 각인.

예의 펜릴 때와 마찬가지로 전체 안내가 발송되었다.

언령 : 멸망을 막은 자(2)

획득 경로 : 최초로 요르문간드 정복
각인 능력 : '멸망을 막은 자' 언령의 효과 100퍼센트 상승

언령 : 라그나뢰크(2)

획득 경로 : 펜릴 정복
각인 능력 : '라그나뢰크' 언령의 효과 100퍼센트 상승

일전에 얻은 바 있었던 언령을 100퍼센트씩 상승시키는 효과였다.

'헬을 처리하면 상승 폭이 더 커질 수도 있겠는데.'

재앙 2마리를 처치하면서 언령의 효과가 100퍼센트 상승했다. 3마리째는 그 상승 폭이 더욱 커질 게 틀림없다.

그렇지 않아도 사기적인 효과가 더욱 발전하게 되는 것이다.

'반드시 헬을 잡아야 할 이유가 늘었군.'

이로써 마지막 재앙인 헬을 잡아야 하는 이유가 또 하나 늘어난 셈이다. 물론 아직은 먼 나중의 일이었다.

정훈의 시선이 주변을 훑었다.

황금병이 쓰러진 곳에 이어 요르문간드가 재가 되어 사라진 곳까지.

그 자리엔 반짝이는 전리품이 가득 떨어져 있었다.

전리품만이 아니다.

황금병을 처치해 얻은 언령 그리고 요르문간드의 알.

입꼬리가 올라갔다.

그 어느 때보다 밝고 선명한 미소가 그려지고 있었다.

불가능할 거라고만 생각했던 일. 이제는 그 보상을 확인해야 할 차례였다.

언령 : 수호신

획득 경로 : 황금병 처치
각인 능력 : 베로나 영지 내에서 모든 능력치 500 상승.

'이건 시나리오 한정 능력이로군.'

황금병을 처치하고 각인된 언령 수호신. 그 효과는 3막에 한정된 능력치의 부여였다.

고작 한 시나리오에만 적용되는 능력이지만, 효과는 놀랍기 그지없다.

무려 500의 모든 능력치 상승. 이것으로 정훈의 능력치는 강의 1천이라는 수치에 육박하게 되었다.

적어도 3막에서만큼은 무적이라고 봐야 할 것이다.

게다가 그의 무력 상승 요인은 언령만 있는 게 아니었다.

황금병과 요르문간드가 떨군 전리품을 렐레고의 부적을 이용해 모두 획득했다.

보관함에 들어찬 아이템을 확인한다.

씨앗, 재료 등과 같은 부가적인 것을 제외한 무구는 총 4개였다.

4개 중 2개는 성물급으로, 이미 정훈이 가지고 있는 것이었고, 나머지 2개만이 그에게 미소를 짓게 해 주었다.

"번개의 정수!"

기쁨은 곧 탄성을 자아냈다.

정훈이 손에 든 건 무구가 아니었다.

지직거리는 소리와 함께 주위로 스파크를 튀기고 있는 푸른 공, 이 손바닥만 한 번개의 공이 지닌 역할은 하나였다.

보관함을 열어 몰니르를 꺼냈다.

손잡이가 기형적으로 짧은 이 망치의 머리 부분에는 작은 홈이 파여 있다. 처음에는 그저 구조가 그렇겠거니 생각했지만, 아니다.

이곳에 번개의 정수를 넣으면…….

파지지지지.

몰니르에서 뿜어져 나오는 전격이 더 강해진다.

푸르다 못해 하얗게 보일 정도로 거세게 뿜어져 나왔다.

쿠르릉!

돌연 하늘에 먹구름이 드리웠다.

천둥소리가 요란하게 울렸다.

파직.

그러더니 여러 줄기 번개가 정훈 주위로 내리꽂혔다.

이 변화는 묠니르에 번개의 정수가 더해지면서 생긴 일이었다.

마침내 묠니르가 완전체로 거듭난 것이다.

'드디어 진眞 묠니르를 쥐는구나.'

묠니르와 같은 제한된 몇몇 무구는 특별한 아이템의 힘을 빌려, 진 아이템으로 진화할 수 있다.

등급은 그대로이나 가진바 능력은 상위 등급을 압도한다.

현재 성물 등급의 묠니르는 진 아이템으로 진화하면서 전설 등급을 웃도는 힘을 지니게 되었다.

특히 묠니르의 경우 메긴교르드, 야른그레이프의 3개 세트로 이루어진 세트 아이템.

그 세트 효과마저도 강화되어 전설급 세트를 능가하는 대단한 힘을 지니게 된 셈이다.

'확률이 희박한 것으로 알고 있는데, 운이 좋았다고 할 수밖에.'

오직 요르문간드만이 드롭하는 번개의 정수는 확률이 저조하다 못해 희박하다.

어느 정도 기대는 했지만, 설마 단번에 얻을 수 있을 거라곤 상상도 하지 못했다.

예상하지 못한 건 번개의 정수만이 아니었다.

'역시 태고급은 무리였나.'

보관함 한쪽에 자리한 황금 배지를 바라봤다.

황금병이 유일하게 드롭한 하나의 아이템이었다.

본인이 지니고 있었던 태고급 무구 하나를 드롭하지 않을까 기대했지만, 어김없이 기대를 배신했다.

전혀 용도를 알 수 없는 배지를 꺼냈다. 그것을 손에 쥐는 순간 아이템의 용도가 머릿속에 각인되었다.

'명예 경비병이라.'

황금 배지는 경비병의 상징.

이것을 착용한 이는 3막에 한해 경비병의 역할을 대신 수행할 수 있다.

자신을 공격한다거나 영지 내의 분쟁 상황에 아무런 페널티 없이 개입할 수 있는 건 물론 같은 입문자를 살해해 업보業報 수치가 높은 이들, 즉 수배범을 잡아 보상을 얻는 것도 가능하다.

'수배범 포획 시 놀라운 보상을 얻을 수 있다는 거지.'

특히 주목한 부분은 수배범 포획에 관한 보상이었다.

모든 걸 축소해 말하는 시스템이 '대단한 보상'을 언급한 것을 보면 정말 대단한 보상인 게 틀림없다.

'시간도 넉넉하고.'

이제 3막에 온 지 하루가 지났다.

메인 시나리오가 시작되려면 아직 29일이 더 남았으니 남는 시간 동안 수배범 사냥을 시작할 것이다.

문제는 업보 수치가 높은 이들을 어떻게 구분하느냐다.

'이것만 있으면 문제없지.'

흰색과 검은색이 반반씩 섞인 기이한 열매. 그것은 유물급 소비 아이템인 선악과였다.

이를 복용한 자는 현 시나리오에 같이 묶여 있는 입문자들의 업보 수치를 목록으로 확인할 수 있다.

거기에 이름과 같이 간단한 기적 사항만 알면 위치를 추적할 수 있는 멀린의 외눈 안경이 더해진다면, 수배범은 부처님 손 안에 든 원숭이와 다를 바 없는 존재였다.

Chapter 5

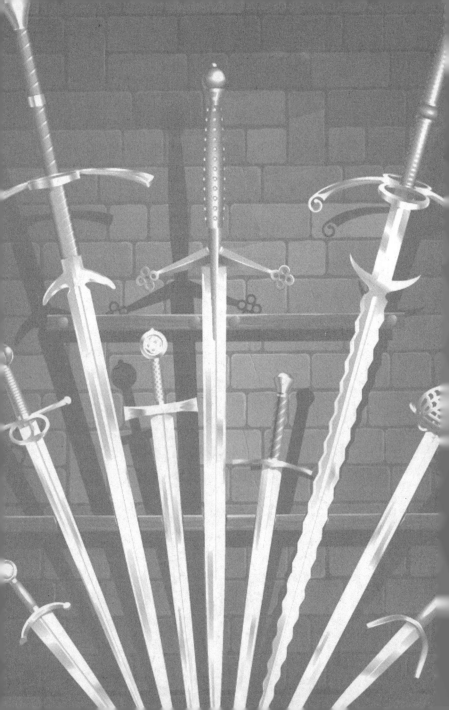

"헉, 헉."

사내는 거친 숨소리와 함께 어두운 골목을 질주했다.

정돈하지 않은 얼굴에 수염이 덥수룩했지만, 매력적인 그 얼굴을 감출 정도는 아니었다.

선명한 백금발과 서로 다른 눈동자 색의 오드 아이. 모든 게 사내에게서 신비한 분위기를 발산하게 만드는 요소였다.

누구나 매력적이라고 생각할 수밖에 없는 사내의 얼굴엔 불안과 초조, 그리고 공포가 깃들어 있었다.

"썅, 내가 어쩌다 이런 개 같은……."

울컥하는 감정에 욕설을 내뱉었다.

알렉스 랄라스. 미국 샌프란시스코에서 태어난 그는 지금껏 자신이 선택받은 존재라 생각했다.

누구나 반할 수밖에 없는 멋진 외모와 균형 잡힌 신체, 거기에 우수한 두뇌까지. 세상 모두가 그를 부러워했다.

본인 또한 알고 있었다, 자신이 잘났음을.

워낙 타고난 게 뛰어났기에 운동도 공부도, 아무것도 그의 여흥 거리가 될 수 없었다.

모든 게 시시하게만 느껴지던 그때, 그는 자신을 흥분시킬 유일한 취미를 발견할 수 있었다.

그것은 바로 살육의 쾌감.

우연히 기르던 반려견을 죽이게 된 후 지금껏 느껴 보지 못한 엔도르핀이 마구잡이로 샘솟는 것을 느꼈다.

처음엔 동물이 시작이었다.

개나 고양이와 같은 애완동물을 시작으로 소나 말 같은 가축, 심지어 일부 부자들만 애용할 수 있다는 맹수를 사냥하는 데까지 발전했다.

하지만 그것조차도 차츰 시들해져 갔다.

무엇일까. 더 무슨 자극이 필요하기에 내 피는 이토록 차갑게 식어만 가는 걸까.

생각보다 이유는 간단했다.

금단의 영역에 손댈수록 그의 피는 뜨거워지는 것이었다.

자연스레 그의 시선은 동물에서 인간으로 옮겨 갔다.

시작은 빈민가의 굶주린 아이들이었다.

누구도 돌보지 않는, 사라져도 누구 하나 신경 쓰지 않는 아이 하나를 먹을 것으로 유인해 목을 졸라 죽였다.

그때의 쾌감이란 오르가슴의 수만 배에 달하는 것이었다.

살인할 때의 쾌감도 금단에 영역에 가까울수록 그 자극이 더욱 강해졌다.

빈민가의 어린이에서부터 청소년, 어른, 그리고 유명인에 이르기까지.

그가 한 해에 죽인 사람만 100여 명에 달했다.

사상 초유의 연쇄 살인마의 탄생이었다.

하지만 꼬리가 길면 잡힌다고, 그의 범행도 101명 째에 이르렀을 때 끝을 고하고 말았다.

유명 여배우를 침실로 끌어들여 죽이려던 그의 범죄는 갑자기 들이닥친 경찰에 의해 제지되었다.

젊은 억만장자의 연쇄 살인은 각종 매체에 일면으로 다뤄질 정도로 연일 화제가 되었다.

모든 눈이 그를 주목했고, 그 잣대 또한 엄중할 수밖에 없었다.

배심원의 만장일치로 3,600년의 징역형을 선고받은 그는 앞으로의 일생을 감옥에서 썩을 일만 남은 상황이었다.

하지만 신은 그를 외면하지 않았다.

감방에서 하루를 보내고 난 후였다.

눈을 뜨고 일어났을 땐 감옥이 아닌 이계로 소환되었음을 알 수 있었다.

역시 나는 선택받은 존재다. 하등한 인간들은 그저 자신의 취미거리에 지나지 않는다.

그렇기 확신한 그의 살인 행위는 더욱 대담해졌다.

명석한 두뇌와 놀라운 신체 능력을 통해 갖은 살인을 저질렀다.

그렇게 획득한 해골 주사위를 통해 능력을 더욱 발전시켰고, 어느새 그는 절대자가 되어 있었다.

제2 시나리오를 함께한 모든 입문자를 죽이고 마침내 경의 경지에 도달한 알렉스는 마침내 한 사람과 대면할 수 있었다.

느닷없이 그를 찾아온 중년인은 자신을 카인이라 소개했다.

중년인이라는 것 말고는 그 어떤 인상착의도 기억나지 않는 신비한 사내였다. 그는 훌륭한 자질을 지니고 있다며 해골 반지를 선물로 주었다.

반지는 거부할 수 없는 유혹과도 같았다.

강렬한 유혹에 이끌린 알렉스는 반지를 꼈고, 그 순간 황홀경을 경험할 수 있었다.

마치 피로 만든 호수에서 수영하고 있는 끈적한 느낌.

이 기이한 느낌과 함께 확인한 반지의 성능은 놀라운 것이었다.

사람을 죽일 때마다 그 피를 먹고 성장한 해골 반지는 착용한 이에게 추가 능력치를 부여한다.

추가되는 능력치는 사람 하나당 +1.

알렉스에겐 더없이 좋은 선물이었다.

이거라면 신이라는 존재에 가까워질 수 있다. 아니, 이미 나는 반신이다.

불과 얼마 전까지만 해도 그는 신인류의 신이 된 것처럼 행세하고 다녔지만, 지금은 달랐다.

당당하기만 하던 얼굴엔 불안과 초조만이 가득했고, 공포에 질린 눈동자는 사방을 살피기에 바빴다.

'내가 어쩌다 이렇게 됐지?'

불과 조금 전까지만 해도 수십 명을 살해해 반지의 능력을 쌓던 중이었다.

갑작스레 현장을 찾은 사내.

알렉스의 입장에선 새로운 먹잇감이 늘어났을 뿐이다.

이 운 없는 녀석을 처리하기 위해 움직이던 그는 무언가 잘못 돌아가고 있음을 뒤늦게 깨달을 수 있었다.

도저히 눈으로 좇을 수 없는 움직임으로 손과 발을 짓쳐 들었다.

살인을 저지르며 또 하나 는 게 있다면 눈치였다.

곧장 자신이 감당할 수 없는 적이란 것을 깨닫고는 반지에 숨겨진 능력을 발동시켰다.

그것은 바로 원하는 지역을 지정해 언제든 순간이동할 수 있는 것.

자신의 거주지로 순간 이동한 그는 조금 전의 그 끔찍한 광경을 떠올리며 몸을 부르르 떨었다.

당분간은 활동을 자제해야지. 그리 마음먹었을 때였다.

돌연 굉음과 함께 거주지가 무너져 내렸다.

어김없이 그곳엔 조금 전 나타난 그 사내가 서 있었다.

'도망갈 수 있을 줄 알았나?'

섬뜩한 미소를 지은 사내의 말을 더는 듣지 않았다.

해골 반지에 내장된 또 다른 능력을 발동했다. 무작위의 곳으로 공간을 이동하는 능력.

이것은 반지가 흡수한 피를 소모해야 하는 것으로, 위급한 상황에서만 사용해야만 하는 능력이었다.

능력을 사용하고 나면 소모된 피만큼 능력치가 하락한다.

물론 목숨보다 중한 건 아니다. 피야 얼마든지 사람들을 죽여 다시 모을 수 있으니 말이다.

불과 조금 전까지만 해도 그리 생각했다.

'도대체 몇 번을 사용하는 거냐고!'

하지만 귀신같이 찾아온 사내로 인해 벌써 여덟 번이나 능력을 사용하고 말았다.

그간 모아 놓은 피를 모두 소진했던 것이다.

이제 더는 능력을 사용할 수 없는 상태가 되고 말았다.

피할 구멍이 없어진 알렉스의 불안한 두 눈이 이리저리 움직였다.

저 어둠의 구석 어딘가에 사내가 있을 것만 같다.

'아니, 저기. 아니지. 여긴가?'

언제 어디서 나타날지 알 수 없는 두려움.

그것이 알렉스를 두렵게 했다.

현대에서도 그리고 이곳 이계에서도 포식자의 입장이었지, 이렇게 누군가의 먹이가 될 거라곤 상상도 하지 못했다.

이 낯선 감정은 차츰 그를 미치게 했다.

"거기냐?"

강력한 마비 독이 발린 뾰족한 바늘 여러 개가 어두운 골목을 날아갔다.

티팅!

벽에 부딪친 바늘이 지면에 떨어졌다.

당연히 그곳엔 아무도 없었다.

"나와! 나오라고, 이 새끼야!"

두려움에 젖은 알렉스가 발악하듯 외쳤다.

"나왔다, 이 새끼야."

무덤덤한 얼굴의 사내 정훈이 알렉스의 그림자 속에서 솟아났다.

"죽엇!"

설마 그림자에서 나올 줄은 몰랐지만, 언제든 공격할 태세를 갖춘 뒤였다.

알렉스가 자랑하는 유일급의 무기 다이츠렌. 강력한 독의 기운을 띤 녹색 검이 쇄도했다.

지닌바 모든 힘을 쥐어짜 낸 회심의 일격.

칵!

쇠가 충돌하는 게 아닌 둔탁한 소리가 났다.

"흡!"

그는 눈앞에서 벌어진 광경에 경악을 금치 못했다.

지금껏 단 한 번도 실망시킨 적 없던 다이츠렌이 두 동강 나 버렸던 것이다.

압도적인 힘에 의한 무기 파괴.

이 믿기지 않는 상황에서 할 수 있는 일이라곤 부러진 검을 바라보는 것뿐이었다.

"너, 몇 명이나 죽였지?"

이제는 반항할 엄두조차 내지 못하는 알렉스를 향해 물었다.

"……."

당연하게도 대답은 없었다.

정훈 또한 대답을 기대하진 않았다. 그저 자신의 할 말을 이어 갈 뿐이었다.

"못해도 수백 명은 죽였겠지. 혹시 그 많은 살인 중에 이런 생각해 본 적 없어? 내가 누군가를 손쉽게 죽였듯 나 또한 다른 누군가에게 죽을 수 있지 않을까 하는."

물론 그랬을 턱이 없다.

누군가를 짓밟는 이들의 특징은 반대로 자신이 짓밟힌다는 생각을 하지 않는다.

그저 약자를 짓밟는 일에 희열을 느낄 뿐, 반대의 관점은 전혀 생각지 않는 것이다.

잔뜩 겁에 질린 알렉스의 눈동자가 정훈을 담는다.

"그게 바로 지금이야."

단언하듯이 선언한 정훈이 시동어를 중얼거렸다.

"심연의 공포가 너를 삼킨다."

새카만 뿔 투구에서 나온 검은 기운이 알렉스의 귀로 빨려들어갔다.

워낙 찰나지간에 벌어진 일이라 피하고 자시고 할 틈은 존재하지 않았다.

마치 겁을 집어먹은 고양이의 그것처럼 눈동자가 검게 물들었다.

"너, 너는!"

유령이라도 본 듯 뒷걸음질 치며 팔을 휘젓기 시작했다.

"분명 죽였는데. 아, 아악! 뭐야. 저리 가, 저리 가라고!"

알렉스는 지금 원초적인 공포에 노출된 상태였다.

공포로 물든 검은 눈동자 너머로 그가 죽인 수많은 원혼이 달려들고 있었다.

"끄아악!"

머리칼을 잡아당기고, 팔과 다리를 물었다.

놀라운 건 알렉스에게 일어나고 있는 현상이었다.

분명 보고 있는 건 환영에 불과할 텐데 머리칼이 우수수 빠지고, 물린 팔과 다리에서 피가 배어 나오고 있었다.

허상이자 진실. 이것이 조금 전 사용한 에기르의 투구가 지닌 능력이었다.

악룡 파프니르가 지니고 있었던 공포의 투구는 알렉스의 정신을 완전히 허물었다.

"끄으으."

공포에 노출된 지 고작 1분이나 지났을까. 게거품을 문 알렉스가 눈을 까뒤집은 채 쓰러졌다.

의외로 살인을 저지른 이들의 정신력은 일반인들보다 못한 경우가 많았고, 그 또한 예외는 아니었다.

수백의 입문자들을 살해한 알렉스는 허상에 불과한 공포를 이겨 내지 못한 채 허무한 죽음을 맞이했다.

투투툭.

그가 쓰러진 자리 옆, 어김없이 전리품이 떨어졌다.

몸에 지니고 있던 각종 무구와 해골 주사위, 그리고 붉은 빛을 띤 해골 반지가 함께였다.

'이걸로 다섯 개.'

정훈 역시 알고 있는 것이었다.

카인의 반지라 불리는 것. 알렉스의 것까지 합하면 총 5개를 획득한 셈이다.

지난 29일 동안 그는 오로지 업보 수치가 높은 수배범을 사냥하는 데 전력을 기울였다.

수배범으로 구분되는 가장 낮은 업보 수치부터 시작해 가장 높은 단계까지. 그 마지막이 알렉스였다.

현재 가장 높은 업보 수치의 비샨이란 자는 추적이 불가능한 상황이니 두 번째로 수치가 높은 알렉스가 사냥의 끝인 셈이었다.

그간 포획한 수배범은 120명. 이중 카인의 반지를 지닌 카인의 아이는 총 5명이었다.

지금 쓰러진 알렉스를 제외한 다른 4명은 모두 이종족이었다.

이 카인의 아이라 함은 살인의 아버지, 카인의 선택을 받아 반지를 얻은 이들을 말한다.

'이제 95개 남았다.'

본래의 기능을 잃어버린 반지 100개가 모이는 날 그는 마침내 카인과 대면하게 될 것이다.

'물론 아직은 멀었지만.'

그건 아직 먼 미래의 이야기에 불과했다.

시선을 옮겨 쓰러진 알렉스를 응시했다. 지금 당장은 녀석을 처리하는 게 우선이다.

온기를 잃은 시신을 둘러멘 정훈이 높게 도약했다.

한 마리 비조가 되어 날아오른 그의 모습이 순식간에 그곳에서 자취를 감추었다.

영지의 정북쪽 작은 언덕엔 영주 베로나 공작이 머물고 있는 거대한 영주성이 자리하고 있다.

많은 입문자가 뭔가 성장에 도움이 되지 않을까 찾아왔지만, 매번 문전박대하는 통에 접근조차 하지 못한 금단의 구역이기도 했다.

그런데 그곳을 멀쩡히 출입하는 이가 있었다.

"충!"

정문을 지키고 있던 경비병은 쫓아내기는커녕 오히려 사내를 향해 거수경례했다.

그것은 상관을 봤을 때 하는 행동. 사내 정훈 또한 이것을 당연하게 받아들이고 있었다.

경비병의 환영과 함께 영주성 안으로 들어간 그는 복잡한 성 구조에 익숙한 것처럼 곧장 한곳을 향해 나아갔다.

수많은 문을 지나쳐 도착한 곳은…….

똑똑.

"들어와."

문을 두드리자 곧장 반응이 왔다.

문을 열고 들어가자 책상과 서류가 가득한 집무실의 풍경이 그를 반겼다.

"오, 이게 누구야? 새로운 경비대장님이 방문해 주셨군."

간사하게 기른 염소수염의 중년인, 영주성의 실질적인 관리인 남작 해리슨이 그를 반겼다.

그가 언급한 경비대장. 그것이 현재 정훈의 직위였다.

본래 명예 경비병으로 시작한 그는 29일간의 수배범 포획 노가다 끝에 경비 대장이라는 직책에 오를 수 있었다.

"수배범을 잡아 왔습니다."

그리 말하며 어깨에 둘러메고 있던 알렉스를 떨궈 놓았다.

"호오. 또 한 건 하셨군. 그럼 어디……."

수염을 만지작거리던 해리슨은 품 속에서 푸른색 구슬을 꺼내 쓰러진 알렉스 근처에 가져갔다.

위잉위잉.

경보음과 같은 소릴 내며 붉게 변했다.

마치 피를 머금은 듯 새빨간 그 색을 확인한 해리슨이 혀를 찼다.

"쯧. 이 녀석 아주 지독한 녀석이었네. 도대체 사람들을 얼마나 죽이고 다닌 거야?"

해리슨이 손에 든 건 업보 수치를 확인할 수 있는 특수 아이템인 '업보의 구슬'이었다.

업보가 높지 않은 평범한 이라면 푸른색으로, 업보 수치가 높으면 높을수록 진한 붉은색을 띠게 된다.

수백 명을 죽인 알렉스의 경우에는 진한 핏빛.

그 업보를 짐작케 하는 색이었다.

"이런 살인마가 영지를 활개하고 다녔다니, 생각만 해도 끔찍하군."

고개를 젓던 그의 시선은 이내 정훈에게 향했다.

"그래도 다행이지 뭔가. 자네와 같이 뛰어난 인재가 경비 대장직에 있으니 말이야."

괜한 칭찬이 아니었다.

고작 29일 동안 하루에 4명 꼴로 수배범을 잡아 왔다.

그 능력은 영주인 베로나조차 언급할 정도로 뛰어난 것이 었다.

그리고 해리슨 또한 그 칭찬 행렬에 동참하지 않을 수 없 었다.

"자, 받게. 이번엔 특별히 좀 더 신경 썼네."

칭찬에 이어 비단 주머니를 건넨다.

그것은 수배범을 해리슨에게 넘겼을 때 얻을 수 있는 특별 한 보상이었다.

받아 든 주머니 안을 확인했다.

마치 바둑알과 같이 흰색과 검은색 동전이 가득 차 있었다.

일반적으로 통용되는 코인이 아닌, 오직 영주 성에서만 얻 을 수 있는 공적 코인.

성 내의 병참 장교들이 지닌, 아이템과 교환할 수 있는 특수한 화폐였다.

입문자 중에선 유일하게 황금 배지를 지닌 정훈만이 얻을 수 있는 화폐이기도 했다.

"그럼."

"어어, 오늘도 고생하시게."

집무실을 나온 정훈은 성의 동쪽 끝에 위치한 병참소로 들어갔다.

"여어, 또 왔네. 오늘도 구경만 하고 갈 건 아니지?"

은빛 전신 갑옷을 입은 기사, 란돌이 반겨 주었다.

매번 찾아올 때마다 구경만 하고 돌아가는 그를 익숙하게 봐 왔기 때문이었다.

"물론입니다."

29일간 수배범을 잡아 온 대가로 받은 공적 코인.

이 모든 건 오직 하나의 무구를 위해 아껴 두었다.

보관함을 열어 공적 코인으로 가득찬 궤짝을 꺼냈다.

"막야鎮鄒로 교환하겠습니다."

막야. 명장 간장이 만든 두 자루의 보검 중 하나로 부인의 이름을 딴 검을 말한다.

"호오, 그새 공적을 꽤 많이 쌓았나 본데."

분명 창고에는 막야가 보관되어 있다.

하지만 그냥 넘겨줄 순 없는 일.

확인할 건 확인해야 한다.

궤짝을 열어 안의 내용물을 확인했다.

란돌은 흘깃 보는 것만으로도 그 가치를 계산했다.

"정확히 5만이로군. 잠시만 기다려 보게."

막야에 필요한 5만 코인이 들어 있었다.

정훈이 29일간의 노가다를 통해 획득할 수 있었던 모든 코인이었다.

막야 하나를 얻기 위해 그것을 모두 지불한 것이다.

궤짝을 뒤쪽으로 밀어 넣은 그는 물품이 보관되어 있는 창고로 들어갔다.

잠시 후 창고를 빠져나온 란돌의 손엔 하나의 검이 쥐어져 있었다.

온통 푸른빛으로 가득한 곡도曲刀. 그것이 바로 정훈이 그토록 바랐던 막야였다.

"자, 받게."

건네준 막야를 받아 들었다.

손에 쥔 부분이 시리다. 단순히 색만 푸른빛을 띤 게 아니라 차가운 냉기를 뿌리고 있었다.

음양陰陽 중 음陰에 해당하는 막야의 기운.

물론 음이 있으면 양도 있는 법.

지금껏 보관함에 잠들고 있었던 검을 꺼내었다.

막야와 마찬가지로 기본적으로 곡도 형태의 검은 푸른빛

이 아닌 붉은빛을 띠고 있었다.

검을 만든 간장 본인의 이름을 딴 검 간장干將. 음양 중 양의 기운을 지닌 검이었다.

간장과 막야. 간장이 만든 두 자루 보검이 마침내 한데 모이게 되는 순간이었다.

두 개 검을 손에 쥔 순간 그 능력이 머릿속에 각인되었다.

성물급 세트 아이템 '태극의 검'이 모이면서 발휘되는 힘은 전설급 이상이었다.

'등급은 낮아도 세트로 모이는 경우가 더 강력하다는 거네.'

일전에도 느낀 바 있었지만, 이것으로 확실해졌다.

비록 등급은 한 단계 낮아도 세트 아이템이 모두 모일 경우 상위 등급 무구가 지닌 힘을 능가한다.

'세트를 모으는 데 주력해 봐야겠어.'

중후반 시나리오라면 모를까, 지금은 초반부에 해당하는 지역이다. 그러다 보니 아무래도 고위 등급 아이템을 획득하기가 벅찰 수밖에 없었다.

그렇다면 방향을 달리해 성물급 이하의 세트 아이템을 노리는 것도 나쁘진 않을 것이다.

'당장 이곳만 해도 괜찮은 세트 아이템이 꽤 있으니까.'

병참소엔 막야 말고도 각종 아이템이 가득했다.

일반적으론 획득할 수 없는 희귀 아이템. 물론 이것을 얻기 위해선 아이템에 따라 책정된 공적 코인을 지급해야 한다.

현재 시나리오의 거의 모든 수배범을 잡아들인 지금 공적 코인을 얻는 길은 막막하기만 하다.

'하지만 꼭 공적을 쌓아야만 하는 건 아니거든.'

창고에 보관된 모든 아이템을 온전하게 '양도받을 길'. 정훈은 그 길을 알고 있었다.

지금까진 머릿속에 그리고만 있었지, 실행할 수 없었던 일이었다. 물론 그러기 위해선 많은 준비가 필요하다.

'우선은 귀찮은 녀석들의 사랑놀음을 도와야겠지.'

이제 곧 가장무도회가 시작되고, 메인 시나리오의 첫 번째 장이 열리게 될 것이다.

창고의 모든 걸 자신의 것으로 하기 위해선 이 시나리오를 어느 정도는 진행해 줘야 한다.

한동안 등한시했던 캐풀렛 가문으로 돌아가야 할 때였다.

－캐풀렛 공이 가문의 일원을 소집한다.

3막이 시작된 지 30일, 모든 입문자에게 메시지가 전달되었다.

각기 소속된 가문 수장의 소집령. 정훈 또한 그 알림에 귀를 기울이던 중이었다.

'시작됐군.'

드디어 메인 시나리오의 첫걸음이 시작되려 하고 있었다.

그렇지 않아도 캐풀렛가를 향하던 걸음을 재촉했다.

팟.

지면에서 발을 튕길 때마다 공간이 압축된다.

강의 경지, 그것도 1,100에 달한 순발력에서 뿜어져 나오는 속도는 한 줄기 바람과도 같았다.

북쪽 끝 영주 성에서 서쪽 끝 캐풀렛가에 도착하기까지 소요된 시간은 고작해야 10분이었다.

휘우웅!

얼마나 빨리 움직였던지 그가 멈춰 선 자리에 돌개바람이 일어날 정도였다.

뭉게뭉게 피어나는 흙먼지를 뒤로한 채 전면을 바라보았다.

처음 3막에 당도했을 때 봤던 그 캐풀렛 가문의 저택이었다.

달라진 점이 있다면 좀 더 크고 넓게 증축되었다는 것 정도였다.

'각 차원의 입문자를 수용해야 하니.'

수많은 차원의 입문자들을 수용해야 하는 관계로 더욱 넓어질 수밖에 없었다.

주변을 둘러보자 벌써 많은 이들이 저택 안으로 발을 들이고 있었다.

인간은 물론 다양한 생김새의 이종족들. 이들의 공통점이라 하면 모두가 캐퓰렛 가문의 소속이라는 것.

종족은 다르나 적어도 지금 이 순간만큼은 같은 캐퓰렛가의 일원으로 시나리오를 함께 헤쳐 나가야만 했다.

'내겐 해당되지 않지만.'

물론 정훈은 예외였다.

그들의 도움을 바랄 일도, 그렇다고 도움을 줄 일도 없을 것이다.

"자, 이쪽입니다. 이쪽으로 들어가세요."

안내를 맡은 가문 주민이 소릴 지르며 길을 유도했다.

정훈 또한 모여드는 이들에 섞여 목적지를 향한 이동을 시작했다.

도착한 곳은 전면에 단상이 보이는 예의 그 연무장이었다.

이전과 비교해 더 넓고, 흙으로 덮여 있던 지면은 반들반들한 대리석과 같은 것으로 대체되어 있었다.

"정훈 님."

익숙한 음성에 뒤를 돌아보았다.

어김없이 그곳엔 준형이 서 있었다.

"이쪽으로 오시죠."

그가 가리킨 곳은 인간, 지구인들이 모여 있는 곳이었다. 넓은 연무장에 모인 다양한 종족. 당연하게도 같은 종족끼리 모여 있었다.

　정훈의 시선은 모여 있는 사람들의 오른쪽 가슴 부근으로 향했다.

　모두가 마찬가지로 두 개의 원이 겹쳐져 있는 협력 길드의 문양이 새겨져 있었다.

　'역시 다 먹었나.'

　고작 30일이다.

　짧다면 짧은 이 시간 동안 준형은 각기 다른 길드로 나뉘어 있었던 그들을 협력의 깃발 아래 통합시켰다.

　어느 정도 예상하긴 했지만, 이렇게 빨리 이룩할 줄이야. 아무리 생각해도 놀라운 수완이었다.

　"그새 또 성장했군."

　"과찬이십니다."

　짧은 그 말의 의미를 파악하지 못한 준형이 아니었다.

　과찬이라는 듯 손사래를 치고 있었지만, 그 역시 자신이 이룩한 일에 자부심을 느끼는 듯했다.

　"받아."

　그의 손을 떠난 아이템이 준형의 손에 안착했다.

　그건 액세서리 세트였다. 황금 목걸이 울드, 은귀걸이 베르단디, 동반지 스쿨드.

    운명의 여신이라는 마법 저항 효과를 지닌 유일급 세트 아이템으로, 시련의 방에서 정훈 또한 착용한 바 있었던 것이었다.

"이걸 갑자기 왜……?"

손에 쥐는 순간 그 효과를 실감했다.

그런데 이 엄청난 아이템을 갑자기 왜 건넸는지 이해할 수 없었다.

"중간 보상이라고 해 두지."

둘의 계약은 시나리오가 끝날 때 살아남은 사람들에 한한 것이지만, 세력을 하나로 뭉쳤다는 건 그만큼 많은 인원이 살아남을 확률이 높다는 것을 의미한다.

정훈으로선 나름 인심을 쓴 것이었다.

"중간 보상이라……. 알겠습니다. 감사히 받겠습니다."

물론 사양하는 일은 없었다.

세력이 더 커진 만큼 돌봐야 할 인원도 많아졌다.

이들을 통제하기 위해선 그 자신이 더욱 강해져야만 했고, 지금 받은 액세서리가 큰 역할을 해 줄 것이 분명했다.

"일동 차렷!"

짧게 안부를 묻는 사이 단상에서 쩌렁쩌렁한 외침이 울려 퍼졌다.

약간은 부산스럽던 장내에 정적이 찾아들었다.

전면을 응시하자 단상에 선 사내를 발견할 수 있었다.

어떠한 도색도 되지 않은 철갑옷에 붉은 망토를 휘날리는 그는 철의 기사 티벌트였다.

"지금부터 나, 기사 티벌트가 통제하겠다. 주목!"

연이어 소릴 지르는 통에 모두의 시선이 모였다.

"오늘 너흴 부른 건 사흘 후 가문에서 주최될 가장무도회의 보안과 관련해서다."

소집의 이유는 정훈의 예상과 다르지 않았다.

"너희도 알고 있겠지만, 몬태규 녀석들이 우리를 호시탐탐 노리고 있다. 이번 가장무도회는 녀석들에게 아주 좋은 기회일 터. 우리는 이에 대비하여 단단히 준비를 해야만 한다."

요지는 몬태규 녀석들에 대비해 보안을 강화해야 한다는 것이다.

"모든 부분에 나와 같은 기사들이 관여한다면 좋겠지만, 아무래도 손이 부족할 수밖에 없다. 그래서 캐퓰렛 공과의 상의 끝에 너희 신참의 힘을 빌리기로 했다."

명백히 무시하는 발언이었지만, 이를 신경 쓰는 이는 많지 않았다.

연설하는 도중에도 엄청난 기세를 줄기줄기 뿜어 대는 티벌트는 그런 말을 할 자격이 차고도 넘쳤으니까.

"너희 신참이 담당해야 할 곳은 비교적 적의 침입이 어려운 북문과 서문, 그리고 우리 기사의 감시 하에 있는 무도회장이 될 것이다."

기존 주민들과 비교해 그 무력이 떨어질 수밖에 없는 입문자들을 생각한 배치였다.

　"필요한 수는 200명. 물론 위험을 감수해야 하는 일인 만큼 무도회가 끝나는 즉시 어마어마한 보상이 뒤따를 것이다. 자, 너희 중 누가 기문의 일원으로써 영예를 함께하겠느냐."

　처음에는 크게 관심을 보이지 않던 이들은 보상이라는 말에 눈을 번쩍 떴다.

　"제가 하겠습니다!"

　"저도 하겠습니다!"

　곳곳에서 소란이 일었다.

　거의 대다수가 손을 번쩍 치켜들며 자기가 하겠다고 소릴 질렀다.

　"하하핫, 녀석들. 과연 자랑스러운 캐풀렛가의 일원이구나."

　보상이 아니었다면 결코, 손을 들 일이 없었겠지만, 티벌트는 그저 지금의 광경이 흐뭇하기만 했다.

　"모두가 참여한다면 좋겠지만, 자리가 제한되어 있으니. 흐음, 어찌한다……."

　잠시 고민하던 그는 이내 좋은 생각이 떠오른 듯 입을 열었다.

　"적의 습격에 대비해야 하는 일인 만큼 그 무력이 중요시된다. 내가 너희의 실력을 모르는 만큼 영예의 자리를 놓고 대련을 하는 게 어떨까?"

생각에 불과했던 그 의견이 구체화된 건 금방이었다.

보안에 필요한 수는 북문이 75, 서문 75, 그리고 무도회장이 50명이었다.

각 구역을 책임지는 경비 대장급 주민과의 대련을 통해 합격 여부가 결정되는 방식.

티벌트가 언급한 보상을 얻기 위해 곳곳에서 대련이 벌어졌다.

"정훈 님은 어디에 지원하실 생각이십니까?"

돌아가는 상황을 지켜보던 준형이 은근한 기대감을 비추며 물었다.

아무래도 그와 같은 곳에 지원하는 게 안전이란 측면에선 가장 확실하기 때문이었다.

"여기엔 없어."

"아, 예예. 그렇군요."

혹시나 싶었지만, 역시나 또다시 뜬금없는 소릴 내뱉는다.

물어봐야 대답하지 않을 것을 준형도 익히 깨닫고 있었다.

"또 뭔가를 계획하고 계시는 것 같군요. 저희가 동참할 수 있는 일입니까?"

"아니."

같이 할 수 없는 일이라면 미련은 버리는 게 좋다.

"아쉽군요. 그럼 전 이만 가 보겠습니다."

"······."

답은 없었다.

익숙한 듯 미미한 미소를 띤 그가 길드원들을 대동한 채 떠나갔다.

떠나가는 그들을 바라보지 않는다. 정훈의 시선 너머엔 오직 한 사람만이 자리하고 있었다.

그것은 단상의 티벌트였다.

'내가 지원할 곳은 따로 있지.'

북문이나 서문, 그리고 무도회장에서 할 수 있는 일은 제한될 수밖에 없다.

지금 정훈에게 필요한 건 이 시나리오를 좌지우지할 수 있는 중요 인물의 옆자리였다.

'줄리엣의 호위.'

캐퓰렛 공의 여식이자 메인 시나리오의 큰 줄기를 담당하게 될 인물.

그녀의 호위로 들어가야만 계획하고 있던 일을 진행할 수 있다.

하지만 여기에 걸림돌이 존재한다.

그게 바로 시선 끝에 있는 티벌트였다.

과거부터 지금까지, 줄리엣의 호위는 오직 그에게만 맡겨졌다.

캐퓰렛 공이 가장 사랑하는 여식에게 가장 신임하는 기사가 붙어 있는 건 당연한 일.

'지금부턴 내 자리다.'

그리 확신한 정훈이 지면을 박찼다.

놀라운 도약. 순식간에 공간을 뛰어넘어 단상을 목전에 두었다.

"누구냐?"

그 움직임을 놓치지 않은 티벌트가 칼을 빼 들었다.

특이하게도 그는 한 쌍의 검, 이도류를 쓰는 기사였다.

하나는 검은색, 또 하나는 밝은 황금색을 띤 그 검은 발몽과 그랍.

성물급 세트 아이템으로 한 쌍이 모두 모이게 되면 전설급 이상의 위력을 발휘하는 강력한 검이었다.

"도전하고자 합니다."

지면에 착지한 그는 뜻 모를 말을 남겼다.

"도전? 그게 무슨 뚱딴지같은 말이냐."

한순간 보인 움직임에서 심상치 않은 강자임을 눈치챈 티벌트가 경계 어린 눈빛을 쏘아 보냈다.

"캐퓰렛 공의 여식, 줄리엣 님의 호위 자리에 대한 도전입니다."

"뭣이?"

짧게 대화가 오고 가는 사이 단상 밑에 진을 치고 있던 기사와 병사들이 정훈 주변을 에워싸기 시작했다.

"감히 네 녀석 따위가 언급할 이름이 아니다. 당장 내려가지 못할까!"

당장에라도 칼부림이 일어날 것처럼 흉흉한 분위기가 조성되고, 갑작스러운 분위기 변화에 대련을 멈춘 이들이 단상 위를 주목하기 시작했다.

'저 새끼 또 사고 쳤네.'

'도대체 저런 배짱은 어디서 나오는 거지?'

'저건 뭐 관심종자도 아니고.'

그곳에서 정훈을 발견한 협력 길드원들은 고개를 절레절레 흔들고 있었다.

다른 이들은 몰라도 그들에겐 너무도 익숙한 광경 중 하나였다.

"자리엔 그에 걸맞은 사람이 필요한 법. 줄리엣 님과 같이 중요한 분의 호위는 이 자리에서 가장 강한 자가 맡아야 하는 게 아닙니까?"

주위를 둘러싼 이들에겐 시선조차 주지 않았다.

정훈의 시선은 오직 티벌트, 그에게만 향하고 있었다.

"네 녀석이 나보다 강하다 말하는 것이냐?"

뜨거운 그 눈길은 잠자고 있던 티벌트의 승리욕을 일깨웠다.

"물론."

어느새 말 또한 짧아졌다.

상대를 흥분시키기 위한 얕은 도발이었다.

하지만 이 우직한 기사에겐 충분히 효과적인 방법이었다.

"하하하하!"

웃음소리가 장내에 울려 퍼진다.

황금병의 특수 스킬, 사자후獅子吼만큼은 아니나 사람들의 고막을 강타할 정도의 강력한 힘이 실려 있었다.

"그래. 네 녀석의 말이 맞다. 자리는 그에 걸맞은 이가 앉아야 하는 법. 아주 좋은 이치를 일깨워 주었구나."

스윽.

한 쌍의 검이 정훈을 겨누었다.

"네 녀석과 나 중 누가 그 자리에 걸맞은지 한번 겨루어 보자꾸나."

과감한 선언이었다.

"티벌트 님!"

"그건 안 됩니다!"

주위에서 그의 결정을 만류했으나 듣지도 않았다.

'멍청이.'

이 우직하기 이를 데 없는 기사를 도발하는 일이란 간단하기 그지없는 일이었다.

한 번 선포한 이상 이를 번복할 일은 없을 터.

첫 계획은 성공적이었다. 하지만 아직 모든 게 이뤄진 건 아니다.

상대는 철의 기사 티벌트. 요르문간드와 황금병을 제외하
면 3막에서 가장 강력한 힘을 소유한 강자다.

　정상적인 루트로 진행했을 경우엔 절대로 상대하는 게 불
가능한 괴물인 것.

　우회하는 방법 따윈 존재하지 않는다.

　이번 결투는 정당한 힘과 힘의 대결.

　오직 무력을 높이기 위한 최강의 무장을 착용하기 시작
했다.

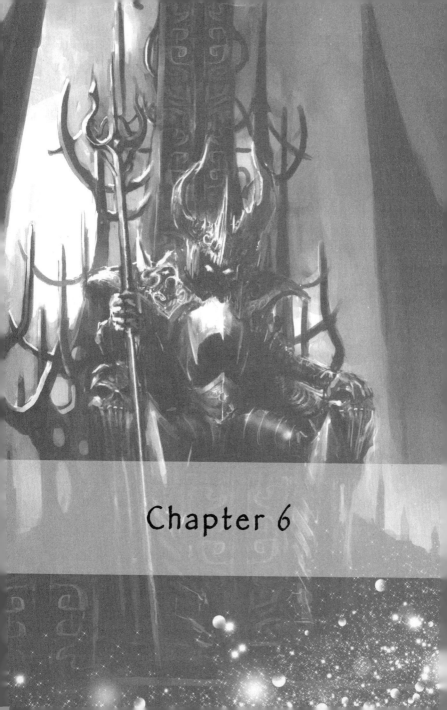

Chapter 6

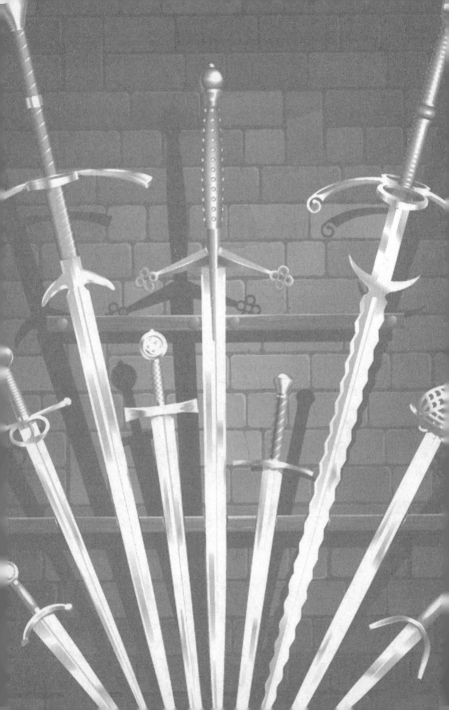

　음과 양의 기운을 지닌 간장과 막야를 양손에, 온몸을 보호하고 있는 은빛 찬란한 보호구는 군신 아레스의 무장인 '투신의 가호' 세트였다.

　투구부터 시작해 갑옷, 장갑, 허리띠, 신발, 그리고 목걸이, 귀걸이, 반지까지 총 8부위로 이루어진 세트 아이템.

　하나씩만 놓고 보자면 성물급 치곤 그리 뛰어난 능력을 지닌 무구는 아니었다.

　하지만 8개나 되는 모든 세트 아이템이 모이게 되면 사기적인 단 하나의 능력을 발휘하게 된다.

　다른 뛰어난 무구가 즐비한데도 투신의 가호를 착용한 건 그 하나의 능력만을 바라본 것이기도 했다.

"움직임이 예사롭지 않더라니."

바뀐 무장을 바라보던 티벌트가 미미하게 고갤 끄덕였다.

무장의 상태가 보통이 아니다. 예상했던 대로 범상치 않은 녀석임이 틀림없다.

'오랜만에 투기가 끓어오르는군.'

철의 기사 이전에 그를 수식하던 단어는 투견이었다.

조금 실력이 있다 싶으면 달려들어 싸움을 벌이는 통에 붙은 별명이다.

그러한 열정이 있었기에 지금의 실력과 자리를 손에 넣을 수 있었다.

지금은 예전의 그 모습을 찾아볼 수 없게 되었다.

자신보다 뛰어난 상대는커녕 호적수조차 만나지 못하고 있었기 때문이다.

하지만 지금 눈앞에 그 상대가 있다.

오랜만에 만난 강자는 그간 감춰 두었던 투견의 본성을 이끌어 내고 있었다.

"따라와라."

기사가 아무 데서나 막싸움을 벌일 순 없는 노릇.

아래와 마찬가지로 준비된 무대에서 대련을 벌이려 했다.

"티벌트 단장!"

하지만 채 세 걸음을 걷지 못했다.

그의 앞을 막아선 건 부단장 벤볼리오였다.

직위상으로는 바로 아래의 직속 부하이자 사적으론 지기인 사내였다.

25살 나이에 비해 겉늙어 보이는 티벌트와 달리 붉은 머리칼에 준수한 미청년과 같은 동안의 그는 머리칼 색에 맞춰 갑옷 또한 화려한 붉은색 갑옷을 착용하고 있었다.

티벌트가 묵직하다면 그는 화려하기 그지없었다.

"무슨 일이지, 벤볼리오 부단장?"

부단장이란 직책을 힘주어 말했다.

그건 곧 단장의 권위로 방해를 용서치 않겠다는 의미.

하지만 벤볼리오는 반협박에 넘어갈 상대가 아니었다.

"시선이 많습니다. 그만 멈추시는 게 어떻겠습니까."

"보는 사람이 많은 것과 이번 결투가 무슨 상관이 있다는 거지?"

"모르는 척해도 소용없습니다."

"아니. 무슨 말을 하는지 도통 모르겠는데."

끝까지 모르쇠로 일관하는 티벌트를 노려보던 벤볼리오가 다시 입을 열었다.

"줄리엣 님의 안전과 관련된 문제입니다. 이를 두고 결투를 벌인 게 캐퓰렛 공의 귀에 들어가는 날엔 가벼운 문책으론 끝나지 않을 겁니다."

비록 신임하는 티벌트라 해도 여식에 관련된 일에는 단호할 것이다.

벤볼리오는 그 점을 환기하게 했다.

"기사의 명예가 달린 일이다. 설마 나에게 이를 피하라 말하는 건가?"

"명예도 때와 장소를 구분해야 합니다. 이번 결투 건은 상대할 가치도 없는 것입니다. 게다가 줄리엣 님의 호위에 관한 부분은 티벌트 님이 독단적으로 결정할 수 있는 부분도 아니지 않습니까."

"흐음."

대답은 하지 않았으나 끓어오르던 피가 차갑게 식었다.

융통성은 없으나 상명하복엔 철저한 그다.

깊이 생각지 못했던 현실과 캐퓰렛 공을 언급하니 더는 고집을 부릴 수 없었다.

"어쩔 수 없지."

그제야 이성을 회복한 티벌트가 뒤를 돌아보며 말했다.

"아쉽지만, 이번 결투는……."

"설마 무서워서 피하는 건 아니겠지?"

말을 자른 정훈의 한마디.

그리고 그 한마디는 이성과 현실을 단번에 날리기에 충분한 것이었다.

"무슨 소리……!"

"단장님, 진정하십시오."

눈에 띄게 흥분하는 그를 제지한 건 벤볼리오였다.

"진정? 지금 내가 진정하게 생겼나? 녀석은 내 명예를 더럽혔단 말이야!"

"대응할 가치도 없는 말입니다. 굳이 나서야 한다면 제 선에서 처리하겠습니다."

뒤에서 대기하고 있던 기사들을 향해 눈짓했다.

굳이 말하지 않아도 그것이 무엇을 의미하는지는 뻔한 것이다.

기사 두 명이 다가와 정훈의 양팔을 붙잡았다.

퍼벅.

그건 찰나지간에 일어난 변화였다.

둔탁한 소리와 함께 정훈을 붙잡으려던 기사 둘이 지면에 쓰러졌다.

놀라울 만큼 빠르게 움직인 정훈의 주먹에 의해 신음조차 낼 틈도 없이 혼절해 버린 것이었다.

장내에서 그 궤적을 파악할 수 있었던 건 티벌트와 벤볼리오 뿐이었다.

"호오."

티벌트의 눈이 흥미로움으로 가득찼다

'이대로는 안 된다.'

더 내버려 뒀다간 손을 쓸 수조차 없게 된다.

"감히!"

명검 하르페를 빼 든 벤볼리오가 무서운 속도로 튕겨져 나갔다.

순식간에 자신의 간극 안에 상대를 넣은 그가 검을 휘둘렀다.

속도와 힘, 어느 것 하나 손색없는 간결한 그 동작은 혹독한 단련의 세월을 증명하고 있었다.

아름답게 하얀 궤적을 그린 하르페가 목 언저리로 뻗쳐 올때였다.

그곳에 붉은 궤적이 난입했다.

카캉!

하르페와 간장이 부딪치며 불똥이 튀었다.

"크윽!"

신음을 흘린 벤볼리오의 팔이 충격을 이기지 못한 채 허공에 떠올랐다.

힘과 힘의 대결에서 형편없이 밀린 것이다.

당연히 그 틈새 사이를 비집은 간장이 면전에 겨눠졌다.

"실력도 없는 놈은 나서지 마. 죽는 수가 있으니까."

아무리 막나가는 정훈이라지만, 상대를 죽일 순 없었다.

이것은 줄리엣의 호위 자리를 따내기 위한 자리.

캐퓰렛 가문과 전면전을 벌이려고 하지 않는 이상 무의미한 살상은 자제해야만 했다.

"이놈!"

치욕을 당한 벤볼리오의 얼굴이 시뻘겋게 달아올랐다.

그 차이가 있긴 했지만, 일격에 당할 정도는 아니었다.

사실 방심한 영향이 컸다. 손아귀를 찢어 버릴 정도의 강자라곤 생각지도 못했기 때문이다.

주체할 수 없는 분노로 몸을 떨던 그가 재차 검을 들었다.

수많은 시선이 이곳을 주목하고 있다. 이대로 물러난다면 부단장의 위신은 땅에 떨어지게 된다.

재차 검을 든 그가 정훈을 향해 달려들려던 그때였다.

"비켜!"

등 뒤에서 느껴지는 어마어마한 기운.

포식자가 노리는 듯한 사나운 기세에 자신도 모르게 한 발짝 옆으로 물러설 수밖에 없었다.

휘익.

그 옆을 티벌트가 스치고 지나갔다.

정훈의 실력을 눈으로 확인한 그는 본능을 억누르지 못했다.

그 옛날 투견이라 불리던 때의 투기를 마음껏 방출하며 달려들고 있었다.

'틀렸다.'

한 번 꼭지가 돌아간 티벌트를 말릴 방법은 존재하지 않는다.

이렇게 된 이상 그가 승리하길 빌 수밖에 없다.

혹여 패배하기라도 하는 날엔 기사단의 권위가 바닥으로

추락하게 될 테니까.

기사단의 안위를 걱정하는 벤볼리오와 달리 티벌트는 그저 눈앞의 상대를 짓뭉개려는 생각으로 가득 차 있었다.

튕겨져 나간 그 속도는 가히 쾌속이라 부를 만한 것이었다.

검은 기운에 둘러싸인 발뭉이 쇄도했다.

캉!

그 강력한 일격을 막은 건 푸른 기운의 곡도, 막야였다.

부르르.

손아귀에 느껴지는 묵직함에 몸을 부르르 떨었다.

긴장이 아니다.

그것은 환희였다.

강적을 만났을 때의 기쁨이었다.

"좋구나!"

온몸으로 환희를 표현한 그의 또 다른 검, 그람이 뻗어 왔다.

카카카카캉!

짧은 순간 발뭉과 그람, 간장과 막야가 수십 번 부딪치며 요란한 쇳소릴 냈다.

"하핫, 설마 이 정도가 네 실력의 전부는 아니겠지?"

처음부터 전력을 다하진 않았다.

상대의 실력을 가늠하기 위한 탐색전일 뿐이었으니까.

그리고 서로가 전력을 다하지 않고 있음을 어느 정돈 파악할 수 있었다.

"제대로 한 번 어울려 보자꾸나!"

호적수를 만난 기쁨에 기운을 끌어올렸다.

우우우웅!

발뭉과 그람이 검명을 토해 냈다.

기가 주입된 이 두 개 검의 황금빛과 어둠의 기운이 더욱 짙어졌다.

그뿐만 아니라 마치 불꽃이 타오르듯 기운이 뿜어져 나와 검 주변을 감쌌다.

쐐애액!

대기를 찢는 강력한 그 일격을 막는 순간…….

"크으!"

손아귀에 느껴지는 강렬한 충격에 신음할 수밖에 없었다.

특별한 기교가 있는 검술은 아니었지만, 검격에 실린 힘이 어마어마했다.

근력이 강, 그것도 1,090에 달한 정훈을 물러나게 할 만큼 대단한 힘이었다.

'역시 철의 기사인가.'

철의 기사라는 건 단순히 철갑옷을 입고 있어서가 아니다.

묵직한 그 검술을 철에 빗대어 표현한 것.

같은 강의 능력치를 지닌 티벌트는 1천의 수치를 지닌 정훈을 압도하고 있었다.

"자, 어디 한 번 네 녀석의 실력을 보여 봐라!"

마치 고수가 하수를 기다려 주듯 오만하게 응시했다.

"한 대 맞고 울지나 마라."

이 유치한 결투에 어울려 줄 생각은 없다.

단번에 끝낸다.

"투신이 이곳에 강림하니."

8개 세트 아이템을 모두 모아야만 발동할 수 있는 단 하나의 권능. 마침내 그 권능을 발동했다.

하늘에서 한 줄기 빛이 내려와 정훈을 비추었다.

마치 연극 무대에서 스포트라이트를 받는 듯했다.

하지만 이것은 일반적인 빛이 아니라, 군신 아레스의 축복이 깃든 빛이었다.

고오오.

돌연 대기의 흐름이 바뀌었다.

그건 정훈이 뿜어 대는 기운으로 인한 것이었다.

"이건……?"

티벌트조차 그 기운에 아연실색할 수밖에 없었다.

조금 전과는 비교할 수 없는 강력한 기세였다.

전설에서나 나올 법한 거신이 눈앞에 서 있는 것만 같은 기분.

단순한 착각이 아니었다.

정훈의 몸속에서 샘솟는 어마어마한 기운은 권능 '투신 강림'으로 인한 것이었다.

이 권능의 능력은 하나다.

5분 동안 모든 능력치를 200퍼센트 상승시켜 주는 것이다.

각종 언령으로 인한 보너스 능력치가 1천에 달한다.

거기에 200퍼센트가 상승해 모든 능력치가 3천으로 고정되었다.

아무리 정훈의 검술이 엉성하고, 제대로 능력을 다루지 못한다지만 기본 능력 자체가 차이가 난다면 그 모든 차이를 무마할 수 있다.

특히 3천의 능력치라 하면 다음 경지인 패覇마저도 압도할 수 있는 수치다.

몸속의 힘을 손에 주입했다.

우우우웅.

간장과 막야를 둘러싼 음과 양의 기운이 증폭되었다. 아니, 그건 증폭된 수준이 아니라 날씨를 변하게 할 정도의 어마어마한 힘이었다.

지금의 그에게 검술 따윈 필요 없었다.

검을 치켜들었다. 그러곤 눈앞의 적을 향해 사정없이 휘둘렀다.

콰콰콰콰콰콰쾅!

한 번 부딪힐 때마다 엄청난 폭발이 일어났다.

위력뿐만이 아니었다.

검의 궤적조차 보이지 않을 정도의 속도. 그저 휘두르는 것에 지나지 않은 그의 동작은 모든 기교를 초월하고 있었다.

"슈우욱!"

뜨거운 기운과 차가운 기운이 만나 엄청난 양의 수증기를 발생시켰다.

정훈을 제외한 누구도 상황을 감지하지 못하고 있던 그때, 돌연 움직임이 멈췄다.

잠시 후 수증기가 걷히고, 티벌트의 모습이 드러났다.

"오오!"

벤볼리오를 비롯한 기사들에게서 환호성이 터져 나왔다.

발뭉과 그람을 십자 형태로 교차시킨 그가 지면에 꼿꼿이 서 있었다.

몰골은 형편없었다.

그를 보호해 주던 철갑옷은 찌그러지다 못해 부서져 있었고, 그 사이로 드러난 살점은 그을리거나 서리가 맺혀 있었다.

하지만 그 강력한 공격을 버텨 낸 것이다.

투신 강림의 효과도 사라졌으니 이제 승리는 티벌트의 것이다. 모두가 그리 생각했다.

"뭐해? 너희 단장 죽는 거 보고 싶지 않으면 빨리 옮겨."

가만히 그 모습을 응시하고 있던 정훈이 한마디 했다.

그제야 수상쩍은 상황을 감지한 벤볼리오가 티벌트에게 다가갔다.

"아!"

티벌트의 상태를 살핀 벤볼리오가 짧은 탄식을 내뱉었다.

티벌트. 이 강인한 사내는 서서 혼절할지언정 쓰러지지 않았던 것이었다.

어둠이 짙게 내리깔린 밤.

영지를 비춰 주던 주택가의 등이 하나둘 꺼져 갈 야심한 시각이었다.

스슥.

다수의 밤손님이 주택가 사이를 뛰어넘고 있었다.

그 움직임이 한 마리 비조와도 같이 날쌔고 은밀했다.

제각기 흩어져 이동하지만, 그들의 목표는 한곳.

저 멀리 환한 빛을 비추고 있는 캐퓰렛 가문이었다.

야심한 시각에도 여전히 환한 빛을 비추는 건 해마다 세 번 치러지는 가장무도회 때문이다.

이건 베로나 영지의 오랜 전통이었다.

1월, 5월, 9월이 시작되는 날엔 캐퓰렛 가문이, 2월, 6월, 10월엔 몬태규 가문이 각각의 저택에서 가장무도회를 열게 된다.

가문의 성세를 자랑하는 자리라고 볼 수 있는데, 여기엔 또 하나의 숨은 전통이 있었다.

바로 상대 가문의 방해 공작이었다.

어떻게든 라이벌 가문을 깎아내리기 위해 만들어진 비이상적인 전통인 셈이다.

물론 대놓고 분쟁을 일으킬 순 없기에 그 작업은 아주 은밀하게 이루어졌다.

어두운 영지의 밤하늘을 가르고 있는 검은 로브 무리였다.

그들이 바로 캐풀렛 가문의 가장무도회를 방해하기 위해 몬태규 가문이 파견한 방해 공작원들이었다.

특이한 것은 지금 움직이고 있는 이들이 기존 가문 주민이 포함되어 있지 않은, 순수한 입문자들로 구성되어 있다는 점이다.

가장무도회만큼이나 방해 공작을 중요시하는 가문의 처지를 생각하면 이해할 수 없는 결정일 수밖에 없으나 예상외로 이유는 간단했다.

지금 움직이고 있는 이들이 주민들과 비교해 실력이 더 뛰어난 탓이다.

주민보다 강한 입문자라니.

그럴 수밖에 없는 게 이들은 보통의 종족과는 다른 강함을 지닌 존재들이었다.

전투 종족 모랄. 란티아 대륙을 지배하는 종족이었다.

외형과 이루고 있는 문명 모두 인간과 비슷한 이 종족의 특징이라면 태생적인 강함에 있다.

인간, 그것도 일반 성인의 평균적인 무력을 10이라 한다면 이들 모랄 종족은 500이라는 어마어마한 무력을 지닌 채 태어난다.

갓 태어난 아기조차 일반 성인을 가볍게 쓰러뜨릴 수 있는 것. 괜히 그들을 가리켜 전투 종족이라 부르는 게 아니다.

이런 태생적인 강함이 있기에 이계에서의 생활이 그리 불편하지 않았다. 아니, 태어날 때부터 전쟁터로 내몰리는 종족의 특성상 이곳은 지상낙원이나 다름없었다.

그들은 이계를 휩쓸다시피 했다.

물론 개개인의 무력이 뛰어난 것도 있지만, 그 원동력이 되는 건 하나의 존재로 인해서였다.

선두에서 모두를 지휘하고 있는 대장 바로브.

일반 모랄 종족보다 족히 2배나 되는 거대한 덩치는 지닌 그는 종족 내에서도 천재라 불리는 괴물이었다.

대륙 최강의 투사이기도 한 그는 3막에 이르는 동안 놀랍도록 성장하였고, 그 덕에 몬태규 가문의 부단장 머큐시오와의 접전 끝에 캐풀렛 가문 방해 공작의 대장에 임명될 수 있었다.

현재 무리를 이루고 있는 이들 또한 3막까지 함께한 휘하의 부하들. 그들의 무력 또한 가문의 기사들보다 훨씬 막강했다.

그야말로 놀라운 전력을 자랑하는 이들이 노리는 건 단 하나.

'캐퓰렛 가문의 여식, 줄리엣을 사살한다.'

그들이 받은 퀘스트의 최종 목표는 줄리엣을 죽이는 것이었다. 물론 그 과정이 쉽진 않겠지만, 목표를 이루기만 한다면 어마어마한 보상을 받게 될 터.

'준비는 다 갖춰졌다.'

오늘을 위해 많을 것을 준비했고, 반드시 목표를 이룰 것이다.

자신감을 보인 그들은 마침내 캐퓰렛 가문 저택을 눈앞에 둘 수 있었다.

방해 공작의 생명은 은밀함. 최대한 조용히 잠입하기 위해 주변을 돌며 허술한 곳을 찾았다.

북문과 서문을 주시한 그들이 모인 곳은 서문이었다.

바로브가 직접 나서는 일은 없었다.

이런 때를 대비해 양성한 이들이 있었기 때문이다.

주변 사물과 동화되어 기척을 감춘 채 접근한다.

이 세계는 무척 편리해서 스킬을 통해 특정한 힘을 상승시킬 수 있었는데 지금 움직이고 있는 이들은 잠행과 암살에 특화된 암살자들이었다.

주변을 삼엄하게 경계하고 있던 경비병들은 그들의 은밀한 움직임을 감지하지 못했다.

뿌득.

그 탓에 뒤에서 접근한 암살자들이 목뼈를 부숴 놓는 것조차 인지하지 못한 채 죽음을 맞이해야만 했다.

소란은 없었다

경비를 제거하는 일은 아주 은밀하게 이루어졌고, 그것은 서문을 지키던 모든 경비가 죽을 때까지 유지되었다.

경비를 서던 입문자는 물론 책임자 역할의 기사들 또한 그 손길을 피할 순 없었다.

지닌바 무력의 차이가 너무도 컸기 때문이다.

순식간에 서문의 경비 병력을 무력화시킨 그들이 저택 안으로 진입했다.

은신용으로 준비했던 검은 로브를 벗어 던지고, 가면을 착용했다.

이제 그들은 초대받지 못한 자가 아닌 가장무도회에 참여하게 된 손님이 된 셈이다.

바로브의 눈짓과 함께 제각기 흩어져 목표를 찾기 시작했다.

비록 가면으로 얼굴을 가리고 있다곤 하나 기본적인 인상 착의는 알고 있었다.

목표인 줄리엣은 키 150센티미터에 금발의 여인. 가문의 전통상 여식임을 숨긴 채 일반 손님들과 섞여 있을 터였다.

뚫린 가면 속 구멍 사이로 번뜩이는 날카로운 시선이 주변을 훑었다.

목표는 그리 쉽게 찾을 수 없었다.

무도회가 열리는 연회장 자체가 워낙 넓고, 많은 사람이 있었기에 단번에 찾는 건 불가능한 일이었다.

그럼에도 좀처럼 조급해하지 않았다.

목표가 있는 게 확실하다면 이 임무는 실패하지 않을 자신이 있었기 때문이다.

바로브. 전투의 종족이라 불리는 강인한 이들 중에서도 가장 뛰어난 재능을 지닌 그는 실패하는 법을 모르는 사내였다.

'찾았다!'

붉은 안광이 번뜩였다.

아담한 체구에 금발, 그리고 화려한 붉은 드레스로 치장한 이를 발견한 것이다.

-이쪽으로 모여라.

시나리오 진행 도중 얻었던 마음의 서로 부하들에게 의사를 전달했다.

멍청하게 그 주변으로 모여들거나 하지 않았다. 자연스럽게 범위를 좁히며 줄리엣의 사방을 에워싸고 있었다.

'저자가 티벌트겠군.'

줄리엣만을 향하던 시선이 옆으로 옮겨갔다.

일행이 아닌 척하고 있지만, 자연스레 보호 범위에 선 사내. 불꽃을 형상화한 가면을 쓴 그는 연미복 차림이었지만,

어색하게 튀어나온 부분을 보건대 그 안에는 갑옷을 착용하고 있는 게 틀림없었다.

줄리엣의 호위 티벌트에 대해선 귀가 따갑도록 들었다.

캐퓰렛 가문이 자랑하는 제일의 기사이자, 몬태규 가문에서도 상대할 자가 몇 없다는 강자.

'시간이 허락한다면 한번 붙고 싶지만, 의미 없는 짓을 할 순 없지.'

전의가 끓어오르지만, 참았다.

이곳은 적지이기도 했고 이득 없는 싸움으로 시간을 허비할 순 없었다.

당장은 눈앞의 목표를 제거하고 안전하게 이곳을 빠져나가야만 한다. 물론 그러기 위해선 티벌트를 무력화시킬 필요성이 있다.

보관함을 열어 붉은 광택 사과를 꺼냈다.

마녀의 독 사과. 2막의 마녀를 제거하고 얻은 아이템으로, 발동하는 즉시 대상을 30초간 수면에 빠뜨린다.

단, 여기엔 몇 가지 제한이 있는데, 입문자가 아닌 주민이어야 하며, 수면에 빠진 적은 무적 상태가 되어 공격하지 못한다는 것이다.

제약이 많긴 하지만, 지금 상황에선 그 정도만으로도 충분했다.

주변을 포위한 부하들의 준비가 끝난 것을 확인한 바로브는 곧장 사과를 던졌다.

"죽어라!"

그의 일갈과 함께 20명의 부하가 동시에 달려들었다.

날카로운 무기가 모든 방위를 점한 채 줄리엣을 노렸다.

그 누구도 이 공격을 피할 수 없을 거라고 바로브는 확신했다.

하지만…….

카카카캉!

기대는 처참하게 무너졌다.

"흡!"

손아귀에 느껴지는 충격에 눈을 부릅떴다.

허공에 뜬 다섯 자루의 검과 붉고, 푸른 궤적이 모든 공격을 튕겨 냈던 것이다.

"죽긴 누가 죽어? 죽는 건 네놈들이지."

검은 연미복을 벗어 던진 사내는 새롭게 줄리엣의 호위를 맡게 된 정훈이었다.

당연하게도 입문자인 탓에 마녀의 독 사과에 영향을 받지 않았고, 위기의 순간 무구를 꺼내어 공격을 상쇄시킬 수 있었다.

'이건 실패다. 도망가야 한다.'

일격이 빗나가는 순간 바로브는 직감할 수 있었다.

이번 임무는 실패다. 소란에 적들이 몰려들 테고, 시간을 지체했다간 도주로마저도 막히고 만다.

—흩어져라.

마음의 서를 통해 부하들에게 명했다.

그 명을 듣는 즉시 각자 다른 방향으로 튀어 나갔다.

물론 바로브 또한 날랜 몸놀림으로 현장을 벗어나려 했다.

철그럭.

하지만 그 시도는 얼마 가지 못했다.

발목에서 느껴지는 저항감에 시선이 아래로 향한다.

오른쪽 발목에 투명한 쇠사슬이 채워져 있었다.

'언제?'

느끼지도 못했건만 도대체 언제.

불안한 그의 시선이 주변을 돌아봤을 때, 부하들 또한 쇠
사슬에 묶여 있음을 확인할 수 있었다.

쇠사슬의 끝에는 이 모든 일의 장본인인 정훈이 서 있었다.

그는 여러 갈래로 나뉜 사슬을 고정한 투명한 말뚝에 한
발을 올린 채로 손가락을 까닥거리고 있었다.

"들어올 때는 마음대로였겠지만, 나갈 때는 아니란다."

그것은 유물급 소비성 아이템인 속박의 사슬이 지닌 힘이
었다.

10분간 범위에 있는 모든 적의 도주를 차단한다. 물론 그
건 속박의 사슬을 사용한 본인도 포함이었다.

정훈의 오른쪽 발목에도 투명한 사슬이 매어져 있었다.

지속 시간인 10분이 지나거나 누구 하나가 죽기 전까지 이 사슬이 끊어질 일은 없다.

심각한 얼굴이 된 바로브는 곧장 상황을 파악했다. 상대를 죽이지 않는 이상 도주는 불가능하다.

그렇다면 남은 방법은 하나뿐이었다.

당장은 도주하겠다는 마음을 버렸다.

반드시 눈앞의 적을 쓰러뜨리겠다는 전의를 불태웠다.

그건 부하들도 마찬가지였다.

이 강인한 전투의 종족 21명은 약속이라도 한 듯 동시에 튀어 나가며 정훈에게 쇄도했다.

어떤 가능성이나 희망조차 생각하지 않은 채 전력을 다한 회심의 일격. 그 의지는 필살의 기운을 담고 있었다.

'역시 한가락 하네.'

과연 전투 종족이라 불릴 만한 힘.

정훈조차도 그 기세는 인정하지 않을 수 없었다. 하지만 인정하는 것뿐이지 놀라울 정도는 아니었다.

아직도 그에겐 여유라는 게 남아 있었다.

그건 압도적인 강함을 지닌 이만의 특권이었다.

"애썼다."

가벼이 중얼거린 그의 손에 백화를 뿜어 대는 검, 화신이 나타났다.

1천에 달한 마력에서 뿜어져 나오는 강력한 기운이 주입

되고, 모든 것을 태워 버릴 불꽃이 사방으로 뻗어 나갔다.

놀랍게도 그것은 피아彼我를 식별하는 기이한 능력의 불꽃이었다.

아군에겐 그저 따뜻한 봄바람과도 같았지만, 적에게는 재앙이나 다름없었다.

화르륵.

불꽃이 스치고 지나간 자리.

그곳에 21명의 모랄 종족이 멈춰 서 있었다.

모든 에너지를 다 태운 그들 육신은 하얗게 변해 버렸다.

본인들도 인지하지 못한 사이 죽음에 이르고 만 것이다.

"……."

짧은 소란과 함께 장내는 정적에 휩싸였다.

엄청난 광경을 확인한 그들은 누구도 쉬이 입을 떼지 못했다. 단 한 명을 제외한다면 말이다.

"꺄아, 오빠! 너무 멋져!"

줄리엣, 이 채신머리없는 꼬마 계집애는 자리에서 방방 뛰며 열렬한 박수를 보내고 있었다.

"오빠, 오빠!"

한창 박수에 여념 없던 그녀가 움직였다.

몸을 배배 꼬며 다가오는 모양새가 마치 쉬 마려운 강아지를 연상케 했다.

"후우."

그 악귀(?)와도 같은 모습에 땅이 꺼져라 한숨을 내쉬었다.

줄리엣의 호위를 맡게 된 지 이제 사흘에 불과했다.

이 짧은 시간은 정훈의 이계 생활에서 가장 곤욕스러운 순간이라 할 만한 것이었다.

원인 제공자는 바로 눈앞까지 다가온 줄리엣 때문이었다.

"오빠, 오늘 시간 없어? 난 오늘 한가한데."

주변 시선에도 아랑곳하지 않은 채 농밀한 유혹을 시작했다.

그것도 아직 채 자라지도 않은 열세 살짜리 꼬맹이가 말이다.

'도대체 얘는 뭘 보고 자란 거지?'

발랑 까진 소녀. 게임 속에서도 익히 소문을 듣긴 했지만, 그게 이 정도로 심할 줄 몰랐다.

강한 남자에 대한 광적인 집착을 보이는 줄리엣이었다.

본래 그녀의 주 대상은 티벌트였으나, 정훈이 그를 쓰러뜨리고 새로운 호위로 들어온 순간부터 여지없이 추파를 던졌고, 그건 지금까지 계속되고 있었다.

"바빠."

정훈의 대답은 늘 한결같았다.

애초에 여자에게 관심도 없지만, 그게 열세 살밖에 되지 않은 꼬맹이라면 말할 필요도 없다.

"칫! 오빠 너무 도도하다니까."

토라진 듯 돌아서더니 돌연 가면을 벗었다.

자연스레 찰랑대는 머릿결 사이로 드러나는 그녀의 얼굴.

'진짜 못 봐주겠다.'

정훈이 한 손으로 자신의 얼굴을 쓸어내렸다.

눈앞에 드러난 소녀의 얼굴은 진한 화장으로 떡칠이 되어 있었다.

그냥 화장 정도면 그러려니 했겠지만, 이건 봐줄 게 아니었다.

쥐라도 잡아먹은 듯 입술은 빨갛고, 얼굴은 하얗다 못해 회색으로 보일 정도였다.

더 가관인 건 요즘 영지에 유행하는 스모키 화장과 숙취 화장이 겹쳐져 있다는 것이다.

눈은 검고, 볼은 빨갛다.

다섯 살짜리 여자 꼬마애가 호기심에 엄마의 화장을 따라 한 듯한, 딱 그 정도의 화장 수준이었다.

"근데 오빠 그게 더 매력적인 거 알아?"

'으으.'

나름 매력적이게 한답시고 혀를 할짝대는 데 끔찍하기 그지없다.

진저리를 친 정훈이 줄리엣을 뒤로했다.

저 꼬락서니를 더 지켜봤다간 본능을 억제하지 못할 것만 같기도 했고, 장내 상황을 정리하기 위해서였다.

"작은 소란이 있었습니다만, 정리되었습니다. 모두 파티를 즐겨 주시길."

하지만 그럴 필요가 없었다.

칼부림이 나고, 사상자가 생겼음에도 사람들은 태연했다. 이것이 두 가문의 은밀한 전쟁임을 알고 있었던 것이다.

수백 년간 이어 온 전쟁에서 일반인 사상자는 단 한 번도 발생하지 않았다.

그렇기에 흥미로운 시선을 보낼 뿐, 동요하지 않을 수 있었다.

"이번에도 공격 측은 실패네요."

"그러게요. 이번엔 몬태규 공이 승리를 장담했다고 하던데."

이번 결과에 대한 것으로 수군거리기 바빴다.

공격 측의 패.

매번 정해진 결과였지만, 항간에 몬태규가의 수장이 승리를 장담한다며 떠들고 다녔었다.

부단장을 쓰러뜨릴 정도의 실력자와 기사들과 맞먹는 강자들 21명을 엄선한 것이니 그럴 만도 했다.

단 하나 생각지 못한 건 정훈이라는 가장 큰 변수.

능히 일인 군단이라 칭해지는 그가 아니었다면 이번 몬태규 가문의 공격은 승리로 끝났을 것이다.

'어딜 가나 논외의 존재를 생각해야 하는 법이지.'

그리고 논외의 존재는 항상 상상할 수 없는 일을 벌이기도 하는데 그때가 바로 지금이었다.

"오빠, 놀다 가. 잘해 줄게."

그래야만 이 치명적인 꼬맹이에게서도 벗어날 수 있으니 말이다.

아직도 어둠을 품은 세상.

가장무도회 준비로 환한 빛을 유지하고 있는 캐퓰렛가와 달리 별다른 행사가 없는 몬태규가는 주변과 같이 검게 물들어 있었다.

물론 모두가 잠에 빠져든 늦은 밤이라도 그 경계만큼은 소홀하지 않다.

언제나 캐퓰렛가와의 전쟁을 치르고 있는 탓에 삼엄한 경비는 필수였던 것이다.

동서남북 4개 문을 지키는 경비들의 눈매는 날카롭게 주변을 훑는 중이었다.

경비들의 시야가 닿지 않는 주택가 골목. 어둠에 녹아들어 있던 존재가 모습을 드러냈다.

검은 야행복 차림의 그는 정훈이었다.

조금 전까지 캐퓰렛가에 있던 그가 어느새 몬태규가를 눈앞에 두고 있었다.

잠시 그곳에 멈춰 선 그는 경계 상황을 확인하기 위해 오딘의 안대를 발동했다.

키잉.

마치 바로 앞에 있는 것처럼 주변을 상세하게 확인할 수 있었다.

가장 경비가 허술한 곳은 북문.

인원은 비슷하게 배치해 놓았으나 느껴지는 기운이라든지 무장의 상태가 다른 곳과는 판이하게 달랐다.

멀리서 확인할 수밖에 없다면 속을 수밖에 없지만, 정훈에겐 통하지 않는 얕은 수였다.

'막싸움할 게 아니니 안전한 게 좋겠지.'

이번 목표는 평소와 같은 몰살이 아니다.

누구에게도 들켜선 안 되는 일이었기에 최대한 안전하게 진행할 수밖에 없었다.

그리고 이 은밀함의 생명을 더해 줄 아이템.

그건 바로 지금 꺼내 든 원뿔형의 모자, 도깨비감투였다.

지체하지 않고 감투를 머리에 얹자 정훈의 모습이 사라졌다.

사기적인 능력이라 생각할 수 있으나 단지 모습만 사라졌을 뿐이다.

유물급답게 숨소리나 발소리 모든 기척이 그대로 드러난

다는 치명적인 단점이 존재하는 것이다.

그래서 이를 보완해 줄 여러 아이템을 걸쳐야만 했다.

도깨비감투를 제외한 모든 무구를 기척을 지우는 것으로 도배했다.

거기에 어마어마한 수치의 순발력이 더해져 지금 정훈의 모습을 감지할 만한 존재는 거의 없다고 봐도 무방할 정도.

모든 준비를 끝낸 그가 조심스레 움직였다.

모습도 사라진 마당에 기척마저도 느껴지지 않게 되자 이건 유령이나 다름없었다.

정훈이 경비들을 스치고 지나갔지만, 그 누구도 눈치챌 수 없었다.

무사히 저택 안으로 진입한 정훈은 쉽게 움직이지 않았다.

빨간 카펫이 깔린 복도는 자칫 평범해 보이지만, 온갖 마법 함정이 설치된 지뢰밭이었기 때문이다.

이 길고 긴 복도에 틈 없이 설치된 마법 함정을 그냥 뚫고 지나가는 건 불가능하다.

물론 마법의 해제가 가능하긴 하나 일일이 이걸 다 해제하고 가다간 날이 새 목적한 바를 이루지 못할 수밖에 없다.

'발이 안 닿으면 그만이지.'

다른 이들에겐 불가능하지만 정훈에겐 너무도 쉬운 일이었다.

마법 함정은 발이 닿는 즉시 발동하는 종류의 것.

그렇다면 발이 닿지 않은 채 지나가면 그만이었다.

시체의 그것과도 같이 약간 창백해 보이는 색감의 신발, 즉 유령의 신발이 지닌 능력을 발동했다.

부웅!

다음 순간 정훈의 몸이 지면에서 3센티미터 정도 떠올랐다.

유령의 신발이 지닌 능력, 공중 부양이었다.

그 상태로 복도를 지나갔다.

당연히 마법 함정이 발동할 일은 없었다.

공중 부양 상태에선 이동이 느려지는 단점이 있지만, 그건 지금 상황에선 아무런 제약도 되지 않았다.

약 3분 동안 천천히 복도를 거닐던 그의 이동이 멈추었다.

손을 뻗으면 닿을 거리에 푸른색으로 도색된 문이 있었다.

정훈이 목표로 하는 곳이었다.

하지만 성급하게 움직이진 않았다.

문에도 온갖 마법 함정이 설치되어 있음을 알고 있기 때문이다.

특히 가문에서도 중히 여기는 이곳은 강력한 마법으로 도배되어 있었다.

'그럼 뭐 하나……'

오른손 중지에 낀 사파이어 반지가 푸른빛을 발했다.

지이잉.

마력의 파장이 주변을 뒤덮고, 그 범위에 닿은 모든 마법이 해제되었다.

웬만한 마법은 모두 파괴하는 해주의 반지가 지닌 능력.

복도 전체의 마법은 해제할 순 없지만, 이렇게 한정된 범위라면 식은 죽 먹기였다.

마법이 해제된 것은 확인한 후 손잡이를 돌렸다.

끼익.

어쩔 수 없이 생기는 소음마저 정적의 보주로 막아 놓았다.

그리고 드러나는 방 안의 광경.

큰 가구 없이 정갈한 방이었다.

창가 쪽에 위치한 침대보가 볼록 솟은 걸 보아하니 누군가 잠들어 있는 듯했다.

'로미오.'

그건 바로 정훈이 노리는 대상이자 몬태규가의 독자, 로미오였다.

물론 확인은 필수다.

천천히 다가간 그는 조심스레 이불을 들췄다.

그러자 선명한 금발에 준수한 미청년이 드러났다.

'맞네.'

게임 속에서 봤던 것과 똑같은 생김새다.

의심할 여지없이 로미오였다.

그렇다면 이제 계획한 일을 실행할 때였다.

보관함을 열어 망태 자루를 꺼냈다.

보기엔 평범해 보이나 무려 유일급의 망태 할아버지의 자루로, 크기나 무게에 상관없이 모든 것을 담을 수 있는 마법의 물품이다.

'납치엔 이것만 한 게 없지.'

물론 망태 자루의 역할은 로미오의 납치였다.

입구 부분을 로미오의 머리 부분에 넣자 쑥 빨려들어 갔다.

원하던 목표를 이룬 이상 더는 머무를 이유가 없다.

망태 자루를 둘러멘 그가 유령처럼 방을 빠져나갔다.

Chapter 7

　　태양이 깨어나자 세상을 검게 물들였던 어둠이 종말을 고
했다.

　　짹짹.

　　아침을 알리는 새의 지저귐과 따사로운 햇살이 눈을 비추
었다.

　　"으음."

　　그는 낮은 투정과 함께 자리에서 일어났다.

　　"흐암, 잘 잤다."

　　한껏 기지개를 켠 금발의 청년은 습관적으로 물을 찾기 위
해 테이블을 더듬거렸다.

　　"여기, 물."

"어, 고마워."

손에 잡히는 물병에 감사를 표하며 한 모금 들이킨다.

목을 넘어가는 청량한 물과 함께 흐릿했던 시야와 정신이 맑게 돌아왔다.

"푸학!"

목구멍을 타고 넘어가던 물이 역류했다.

청년, 로미오.

그는 지금 자신이 낯선 곳에 온 것을 깨달을 수 있었다.

그리고 바로 옆, 물을 건네준 이 또한 처음 보는 사람이었다.

"누, 누구세요?"

"……."

대답은 없었다.

그게 더 공포였다.

잔뜩 겁먹은 얼굴로 주위를 두리번거리던 그는 지면에 팔을 짚은 채 주춤주춤 뒤로 물러났다.

낯선 이로부터 떨어지려는 본능이었다.

물컹.

딱딱한 지면 대신 물컹한 감촉에 놀란 로미오의 시선이 그곳을 향했다.

"아잉, 싫엉."

수면 중에도 철철 넘치는 애교.

가부키 화장을 한 줄리엣이 로미오의 신체 접촉에 몸을 뒤척이고 있었다.

"괴, 괴물!"

이런 화장이라니.

로미오에겐 위협적으로 무장한 사내보다 줄리엣이 더 충격적일 수밖에 없었다.

"뭐, 뭔데. 뭐가 이리 시끄러워?"

바로 옆에서 질러 대는 비명에 줄리엣이 깨어났다.

"응?"

이 당돌한 아가씨는 익숙한 자신의 방이 아님을 확인했음에도 좀처럼 놀라지 않았다.

다만 그녀의 시선은 정훈에게 향해 있었다.

"설마 오빠가 날 납치한 거야?"

감동에 젖은 눈. 그건 마치 백마 탄 왕자가 자신을 데려와 줬을 때를 상상하는 소녀의 그것과 같았다.

"끄, 끄악!"

"아, 넌 좀 짜져 있어!"

여전히 비명을 질러 대는 로미오를 발로 걷어찬 줄리엣은 특유의 몸을 배배 꼬는 동작과 함께 정훈에게 접근했다.

"사랑하는 이와의 사랑의 도피라니. 역시 오빠는 내 백마 탄 왕자……."

"미안하지만, 네 백마 탄 왕자는 내가 아냐."

꿈꾸는 소녀의 말을 끊은 정훈은 손가락으로 한곳을 가리켰다.

의문 가득한 줄리엣의 시선이 손가락이 가리키는 곳으로 향했다.

"끄악, 끄악!"

그곳엔 눈물과 콧물로 범벅된 겁쟁이 청년이 있었다.

"쟤가 네 백마 탄 왕자가 될 거야."

"에엑?"

놀란 듯 눈동자가 커졌다.

아니, 그건 놀람의 의미보단 '고작 저런 새끼가?'라는 의문을 온몸으로 표현하는 것이었다.

"오빠, 내가 싫으면 싫다고 그래. 뭐 저런 머저리 새끼를. 에휴, 말을 말자."

그 어떤 고난과 역경에도 굴하지 않던 줄리엣도 이번에는 꽤 분했던지 표정을 구겼다.

그럴 수밖에 없는 게 로미오는 줄리엣이 가장 혐오하는 대상이었기 때문이다.

약한 자.

강한 자를 연모하는 그녀에게 현 상황의 로미오는 바퀴벌레와 다를 바 없다.

저 추한 꼴을 보라.

가랑이 사이로 노란 물이 흐르고, 눈물과 콧물은 범벅되어 준수하던 본래의 얼굴마저도 망치고 있었다.

'하아, 이놈은 또 왜 이렇게 난리야.'

정훈으로선 곤욕스러웠다.

물론 상황이 두려울 순 있지만, 열네 살이나 먹어서는 질 질 짜다니. 아니, 그것만이면 다행인데 오줌마저 지리는 중 이었다.

'이놈 역시도 상상 이상이로군.'

모든 게 예상을 초월하고 있었다.

까지다 못해 발랑 까진 줄리엣과 겁쟁이 로미오.

사실 게임 속에서도 유명한 커플이었다. 아니, 커플이라곤 볼 수 없다.

지금껏 게임을 진행하면서 이들이 연인으로 발전하는 경 우는 단 한 번도 없었기 때문이다.

그도 그럴 게 하나는 강자를 좋아하는 왈가닥이고, 그리고 또 하나는 지독한 겁쟁이에 불과했으니.

"정말 한심하다. 한심해. 사내새끼가 그깟 일로 오줌을 지 리냐? 이건 도대체 뭐하는 놈이야?"

정훈을 대할 때와는 달리 신경질적이다.

가장 혐오하는 인간상을 만났을 때의 그녀는 굉장히 드센 모습으로 돌변했다.

"끄악, 끄으악!"

시간이 지날수록 나아지기는커녕 비명만 커져 갔다.

물론 주원인은 줄리엣이었다.

이 사나운 소녀는 쉴 새 없이 로미오를 향한 모욕적인 언사를 내뱉고 있었다.

이대로 놔뒀다간 한 대 칠 기세였다.

"줄리엣, 그만!"

씩씩대는 줄리엣을 제지한 정훈은…….

"그리고 너."

울다 못해 허우적대는 로미오를 바라보았다.

"끄으으아아아아악!"

그 시선이 두려웠던 것일까.

그는 아예 경기를 일으키고 있었다.

'가망이 없다.'

대화라도 해야 설득이든 협박이든 할 텐데 이건 아무런 시도조차 할 수 없는 상황.

난감함에 고개를 절레절레 흔든 정훈은 준비했던 물약을 꺼냈다.

손에 쥔 건 척 보기에도 고급스러워 보이는 유리병이었다.

흔들릴 때마다 찰랑대는 황금 액체가 그 고급스러움을 더하고 있었다.

생긴 것처럼 귀한 것이다.

그 이름하여 넥타르.

후에 올림포스에서 얻을 수 있는 신들의 묘약이다.

'지금 쓰기엔 아깝긴 한데.'

비록 입문자들에겐 아무런 영향이 없다곤 하지만, 주민들에겐 억만금을 주고도 구할 수 없는 보물이었다.

다양한 아이템과도 교환 가능한 것을 그냥 주자니 입맛이 썼다.

'방법이 없으니.'

지금의 이 울보 녀석을 달래고, 목적한 바를 이루기 위해선 어쩔 수 없는 선택이다.

결심이 선 순간 그의 손은 이미 로미오의 주둥이를 붙잡고 있었다.

"으읍!"

싫다고 발버둥 치는 걸 힘으로 제압하며 물약을 쏟아부었다.

"우부, 우부부부!"

수상쩍은 액체에 저항해 댔지만, 괴력을 지닌 정훈에겐 소용없는 일이었다.

"몸에 좋은 거니까 그냥 삼켜."

애석하게도 로미오는 정훈의 진심을 알아주지 않았다.

계속 뱉어내려는 통에 주둥이를 쥔 채 가볍게 목을 쳤다.

꼴깍꼴깍.

무의미한 저항 끝에 모든 물약이 목구멍을 넘어갔다.

유리병 안에 든 모든 액체가 사라진 것을 확인한 정훈은 그제야 쥐고 있던 목을 놓아주었다.

"캑캑!"

목을 부여잡은 채 고통에 찬 기침을 몇 번 내뱉었다.

"역시 상남자. 정말 매력적이야."

어느새 토라진 마음도 잊었는지 정훈을 향해 얼굴을 붉히는 줄리엣이었다.

물론 정훈의 안중에 그녀는 없었다.

그의 관심은 오직 로미오. 넥타르를 삼킨 그의 변화에 주목하고 있었다.

캑캑거리며 괴로워하던 로미오가 마침내 기침을 멈추곤 정훈을 바라봤다.

"감히 내가 누군 줄 알고? 당신 이러고도 무사할 성 싶어?"

지금껏 당해 왔던 분노를 표출하는 로미오였다.

'과연!'

자신에게 대들고 있었지만, 정훈은 그 모습을 흡족하게 바라봤다.

과연 넥타르.

영웅의 물약이라고도 불리는 이것은 제한된 시간 동안 복용한 주민에게 영웅의 성정이 깃들도록 만들어 준다.

지금껏 울기만 하던 로미오는 대담하게도 정훈에게 덤비고 있었다.

"옴마야, 저 미친놈 보게. 어디서 버르장머리 없이 대들고 지랄이야?"

똑같이 사내다운 모습을 보였음에도 줄리엣에겐 미친놈에 불과할 뿐이었다.

로미오의 시선이 정훈에게서 줄리엣으로 옮겨 갔다.

"넌 아까부터 계집애가 왜 이리 떽떽거려? 아침부터 일진 사납게."

정훈에게도 대들 정도의 용기가 생겼다.

고작 가부키 화장의 초딩을 상대하지 못할 이유가 없었다.

"너 지금 나한테 그런 거니?"

어이가 없었던 줄리엣이 물었다.

"그래. 너한테 그랬다. 계집애면 집에서 얌전히 있을 것이지. 어디서 참견이야, 참견은?"

"와, 미친. 오빠, 나 오늘 험한 모습 좀 보여 줄게."

줄리엣은 몸에 걸치고 있던 카디건을 벗어 놓았다.

정말로 한 판 붙을 셈이었던 것.

"드루와, 드루와!"

물론 로미오 또한 지지 않는다.

손마디를 '뚜둑'거리며 전의를 불태웠다.

'영웅의 성정은 개뿔.'

넥타르의 효과로 용감해진 건 사실이나, 여자와 드잡이할 정도로 양아치가 되었다.

설명했던 영웅의 성정과는 전혀 다른 모습.

'그래도 겁쟁이보단 낫지.'

다행한 건 이게 도움이 된다는 사실이었다.

"아악! 머리 잡는 게 어딨어. 놔, 좋은 말 할 때 이거 놔라."

"지는. 너나 머리 놓고 말하지? 사내 새끼가 진짜 치사하게. 꺄아아!"

하지만 더는 두고 볼 수 없었다.

머리채를 쥐어 잡고 싸우는 녀석들을 힘으로 떼어 냈다.

"계집애, 너 진짜 너 운 좋은 줄 알아라."

"웃기고 있네. 오빠만 아니었으면 넌 벌써 뒈졌어."

여전히 팔과 다리를 허우적대며 씩씩거린다.

"그만!"

일부러 크게 소리 지르며 기세를 뿜어 댔다.

줄기줄기 뿜어져 나오는 그 엄청난 기세에 둘은 입을 꾹 다물 수밖에 없었다.

"이제 연인이 될 사이인데 그렇게 싸우면 쓰나."

그게 도화선이었다.

"뭐래?"

"오빠!"

둘 다 진저릴 쳤다.

"오빠, 자꾸 이럴 거야? 누가 저런 머저리와 연인이야? 아, 진짜 오늘 맘 상하네."

"쟤가 뭐 그렇게 마음에 안 드는데."

본격적인 시나리오를 이끌어 내기 위해 물었다.

"전부."

답은 너무 간단했다.

"하나부터 열까지. 저런 인간이 있나 싶을 정도로 싫어. 오줌이나 지리는 주제에 혼자 강한 척은 다 하고. 게다가 생긴 것 봐. 기생오라비같이 생긴 게 아우, 정말 질색이야!"

"하! 누구는 좋은 줄 아나? 아주 생긴 건 개차반인 게 얼굴에다 분칠은 해 가지고. 아니, 잘하기라도 하면 몰라. 그건 뭐냐? 신종 괴물이냐?"

로미오 또한 이에 지지 않으려는 듯 맞받아쳤다.

"그래. 넌 강자를 좋아한다고 했지?"

두 꼬맹이의 싸움에 아랑곳하지 않은 채 자신의 할 말을 이어간다.

"응. 오빠 같은 강인한 남자가 딱 내 이상형이야. 저런 약골 녀석은…… 아휴, 말을 말아야지."

"네가 생각하는 강자의 기준이 뭔데?"

"내가 생각하는 거?"

"그래. 평소 꿈꾸던 강자에 대한 제한이 있지 않아?"

"당연히 있지!"

정훈의 말에 두 손을 모은 그녀의 눈빛이 꿈을 꾸듯 초롱초롱하게 빛났다.

평소 꿈꾸던 이상형. 그것은 열두 가지 과업을 완수할 정도로 강한 사내였다.

그녀가 생각하는 열두 가지 과업이란…….

줄리엣의 열두 가지 과업.

첫 번째, 네메아 숲의 왕 사자를 처치.

두 번째, 돌아오지 않는 늪의 지배자 아홉 머리의 히드라 처치.

세 번째, 케리네이아의 명물, 뿔이 달린 암사슴 포획.

네 번째, 에리만토스 산의 흉포한 멧돼지 포획.

다섯 번째, 몇백 년간 청소하지 않은 아우게이아스 외양간 청소.

여섯 번째, 스팀팔로스 호수의 괴조 떼 사냥.

일곱 번째, 크레타의 미궁 속 잠자고 있는 미노타우로스 제거.

여덟 번째, 디오메데스의 암말 포획.

아홉 번째, 밀림의 지배자, 아마존의 여왕이 지닌 허리띠 획득.

열 번째, 머리가 셋 달린 괴물 게리오네우스가 지키고 있는 소 떼 포획.

열한 번째, 헤스페리데스의 황금 사과 획득.

열두 번째, 지하 세계를 지키는 수문장, 케르베로스 포획.

"미친년!"

열두 가지의 과업을 들은 로미오의 한마디였다.

"제정신이 아닌 건 알고 있었는데, 이건 뭐 미쳤네, 미쳤어."

"뭐야!"

"야, 솔직히 말해 그걸 할 수 있는 사람이 이 세상에 어딨냐? 네가 사랑하는 오빠도 그건 불가능할걸."

"아니, 오빠라면 가능해. 가문 최고의 기사인 티벌트마저 쓰러뜨린 게 우리 오빠인걸."

"오, 그 티벌트를?"

두 가문이 서로 깎아내리고 있었지만, 티벌트의 위명은 몬태규가에서도 유명했다.

제일의 기사까지는 아니어도 손가락 안에 드는 강자인 것이다.

"흠, 그 말이 사실이라면 아주 약간의 가능성은 있겠네. 그래도 불가능하다는 건 변하지 않아."

그만큼 하나하나가 힘든 과업이었다.

"그 정도야 문제될 건 없지."

하지만 정훈은 로미오의 말을 부정했다.

사실이다. 지금 그의 무력이라면 그 열두 개의 과제는 큰 문제가 되지 않는다.

"아예, 오질나게 강해서 좋겠습니다."

어느 정돈 인정했다.

생각해 보면 눈앞에 있는 사내는 삼엄한 가문의 경비를 뚫고 자신을 납치한 이가 아닌가.

그 정도의 실력이라면 충분히 가능할지 모른다고 판단할 수밖에 없었다.

"그럼, 누구 오빠인데. 오호호!"

기 싸움에서 이겼다고 생각했는지 팔짱을 낀 채로 요란한 웃음을 터뜨렸다.

밀착하는 줄리엣을 떼어 낸 정훈이 로미오를 응시했다.

"대상이 잘못됐어. 그게 가능한 건 내가 아니라……."

말꼬리를 흐린 정훈이 로미오를 응시했다.

"나, 나?"

그 시선의 의미를 눈치챈 로미오가 더듬거렸다.

"그래, 너."

줄리엣의 이상형이 될 유일한 과제.

그건 로미오가 해야 할 몫이었다.

＊＊＊

베로나 영지를 벗어나 동쪽으로 한참을 이동하면 햇빛 한 점 들어오지 않게 빽빽이 나무로 덮인 숲이 나온다.

네메아의 숲이라 불리는 이곳은 사람의 출입이 금지되어 있었는데, 그 이유는 숲 안에 서식하는 포악한 짐승들 때문이었다.

도대체 어떻게 된 영문인지 이 숲에 사는 모든 짐승은 특유의 강력함을 자랑했다.

일례로 길을 잃은 채 숲에 들어온 사냥꾼 하나가 토끼의 뒷발에 치여 죽었다는 기록이 있을 정도.

토끼가 그 정도인데 다른 맹수들을 어떻겠는가.

특히 그게 백수의 왕 사자라면 말할 것도 없을 것이다.

"크허헝!"

숲 전체에 울리는 사나운 포효.

그 주인은 황금 갈기를 자랑하는 거대한 사자였다.

일반 사자와 비교해 그 덩치가 100배나 되어 보인다.

문제는 덩치만이 아니라는 것.

지니고 있는 괴력은 일반 사자의 1천 배 1만 배에 육박할 정도로 강력하기 그지없다.

괴물들만 우글거리는 네메아의 숲을 지배하고 있는 왕이었다.

그런데 겁도 없는 누군가가 사자 앞에 서 있다.

금발의 청년 로미오.

어울리지 않는 무장한 상태의 그가 공포로 몸을 바들바들 떤 채로 네메아의 사자와 대치하고 있었던 것.

"너무 떨지 말고 잘해 봐."

"빨리 먹혀 버려, 이 겁쟁이 새꺄!"

멀찍이 떨어진 곳에는 정훈과 줄리엣이 응원 아닌 응원으로 로미오의 기를 죽이는 중이었다.

처음엔 믿지 않았다, 고작 저 건방진 계집애의 마음을 얻기 위해 불가능한 12개의 과업을 달성해야 한다는 사실을.

아니, 애초에 원하지도 않는 일을 위해 목숨을 걸어야 한다는 게 웃기지도 않는 일 아닌가.

근데 할 수밖에 없었다.

멋대로 네메아의 숲으로 데려와 사자 앞에 던져 놓은 탓이었다.

이 불쌍한 청년, 로미오에게 주어진 건 익숙하지 않은 갈색의 가죽 갑옷과 백색의 불꽃을 내뿜는 불타는 검 한 자루였다.

후웅.

사건은 곧장 터졌다.

사자에게 자비심 따위가 있을 리가 없을 터.

건방지게 자신의 앞을 막은 개미 새끼를 쳐 죽이듯 거대한 앞발을 휩쓸었다.

'어? 그다지 빠르진 않은 것 같은…….'

그 찰나의 순간 로미오는 생각했다.

생각했던 것보다 속도가 빠르지 않다. 이 정도면 능히 피할 수 있지 않을까. 하지만 생각하는 것과 막상 그것을 실천하는 건 별개의 문제였다.

빠악!

처음으로 겪는 실전에 몸이 굳어버려 일격을 허용할 수밖에 없었다.

C자로 몸이 꺾인 그가 숲의 나무를 들이박으며 날아갔다.

"꺄악!"

날카로운 비명.

조금 전까지 죽으라고 저주를 내뱉던 줄리엣이 비명을 지른 것이다.

만약 정적의 보주를 이용해 소리를 차단하지 않았다면 네메아의 사자의 다음 목표는 정훈과 줄리엣이 되었을 터였다.

"쉿, 조용히 해."

정훈의 말을 듣는 둥 마는 둥 한다.

강한 척 허세를 부려도 그녀는 엄연히 소녀다.

눈앞에서 사람이 죽게 생겼는데 놀라지 않을 수 없었던 것이다.

내심 결정적인 순간이 되면 정훈이 도와주지 않을까 생각했는데, 기대는 여지없이 빗나가 버렸다.

"오, 오빠, 쟤 죽은 거 아니야?"

물으면서도 어느 정도는 확신하고 있었다.

살아남을 턱이 없다.

로미오라는 녀석은 저 정도의 강력한 공격을 버틸 만한 강골이 아니었으니까.

"안 죽어."

곧장 그 말을 부정했다.

줄리엣과는 다른 의미로 확신에 차 있었다.

그 시선은 줄곧 로미오가 튕겨져 나간 곳만을 바라보고 있었다.

잠잠한 그곳을 바라보던 정훈이 이내 입술을 오물거렸다.

─빨리 기어 나오지 않으면 내가 직접 갈 테니까. 험한 꼴 보기 싫으면 알아서 나오는 게 좋을 거야.

일전에 바로브가 이용한 바 있던 마음의 서를 통한 의지의 전달이었다.

소리를 지를 경우 네메아의 사자에게 발각될 우려가 있으니 어쩔 수 없었다.

물론 사자 따위가 무서운 게 아니다.

이것은 줄리엣의 12개 과업. 자신이 손을 쓰는 순간 모든 게 물거품이 된다.

네메아의 사자를 비롯한 모든 과업은 반드시 로미오, 그 스스로 힘으로만 해결해야 한다.

그래야만 둘의 사이는 연인으로 발전하고, 마침내 정훈이 뜻하는 바에 한 걸음 다가가게 되는 것이다.

─…….

협박에도 별다른 반응이 없다.

어느 정돈 예상한 바였다.

─그렇게 나오겠다면 별수 없지. 각오 단단히 해라. 죽음보다 더한 고통이 뭔지 머릿속에 똑똑히 새겨 줄 테니.

진심이다.

자신의 계획에 누를 끼치는 녀석이라면 얼마든지 괴롭혀 줄 작정이었다.

보란 듯이 기세를 피워 올리며 그곳으로 달려가려던 그 순간이었다.

"자, 잠깐. 왔습니다. 왔어요!"

저 멀리, 충격으로 부러진 나무를 지르밟으며 뛰어오는 이가 있었다.

물론 그는 죽은 척 연기하고 있었던 로미오였다.

헝클어진 머리칼과 먼지가 묻은 것을 제외하면 지극히 멀쩡한 모습.

'나도 이게 뭔 일인지.'

물론 본인도 어리둥절한 상태였다.

앞발이 강타한 부분만 약간 얼얼할 뿐, 큰 충격을 느끼지 못했다.

뒤를 돌아보았다.

무려 수십 그루의 나무가 쓰러질 정도의 위력을 몸으로 받아 내고도 살아 있다는 건 기적이 아니면 설명할 수 없는 현상이었다.

크허릉?

당황하기는 네메아의 사자도 마찬가지였다.

당연히 피떡이 되어 있어야 할 인간이 멀쩡히 살아 있었다.

이건 숲의 왕이 지닌 권위에 대한 도전이나 다름없다.

크헝!

다시 한 번 사납게 포효한 녀석이 앞발을 내리찍었다.

콰앙!

굉음과 함께 지면이 움푹 파였다.

분명 발에 느껴지는 감각이 있었다.

이번에는 분명 피떡이 됐겠지. 내리찍은 앞발을 들어 올리던 사자의 동공이 커졌다.

지면에 파묻혀 있던 인간이 몸을 털어 내며 일어나고 있었다.

'소문이 거짓이었나?'

혹시 이 사자에 대한 과장된 소문이 돌고 있는 게 아닐까. 그리 생각한 로미오가 네메아의 사자를 올려다봤다.

이 영특한 사자는 그 시선에 담긴 의미를 이해했다.

어이없는 사태에 놀람과 함께 분노가 치밀어 올랐다.

감히 나약한 생물 따위가 저따위 눈으로 쳐다보다니. 오늘 진정한 야수의 모습을 보여 주고 말리라.

숲 안을 쩌렁쩌렁 울리는 한 줄기 포효와 함께 지면을 힘차게 도약했다.

온몸의 근육을 이용한 파괴적인 행위가 이어졌다.

할퀴고 찢고, 이리 구르고, 저리 구르고. 할 수 있는 모든 걸 다했다.

하지만 번번이 인간은 살아남았고, 모든 공격을 무위로 돌아갔다.

세상 모든 것을 찢어발길 수 있는 강인한 발톱이나 이빨도 아무런 소용이 없었다.

'그럴 수밖에 없지. 그건 네 녀석의 가죽으로 만든 갑옷이니까.'

모두가 의문에 빠져 있을 때 정훈만이 홀로 웃음을 짓고 있었다.

이 기이한 현상의 원인은 로미오에게 착용시킨 방어구 세트였다.

갈색 가죽 방어구 세트는 오크와의 점령전에서 착용한 바 있는 네메아의 사자 세트다.

세트 이름에서도 알 수 있듯 제작할 때 들어간 중요 재료가 네메아의 사자가 몸에 두른 가죽이었다.

본래는 착용자의 근력을 대폭 상승시키는 세트 능력을 지니고 있지만, 가죽의 주인인 네메아의 사자를 만나게 되면 사기적인 능력 하나를 추가로 발휘하게 된다.

그게 바로 지금 로미오가 보여 주고 있는, 네메아의 사자 공격으로부터의 절대 보호였다.

상대가 네메아의 사자라면 무적이나 다름없다는 의미였다.

'역시 이 갑옷 때문이었어!'

정작 방어구를 착용한 로미오는 뒤늦게야 그 사실을 깨달을 수 있었다.

사실 이 정도나 되면 바보가 아닌 이상에야 눈치채지 못할 턱이 없다.

'그냥 죽으라고 내몬 건 아니란 말인데.'

처음에는 이 미친놈이 자신이 사자에게 삼켜지는 모습을 구경하려는 속셈인가 싶었으나 예상과는 달랐다.

어떤 공격에도 안전한 방어구를 주었다.

게다가 그가 준 건 이것만이 아니었다.

'이 불타는 검······.'

백화를 뿜어내고 있는 검은 척 보기에도 범상치 않았다.

죽는 걸 지켜보려는 의도가 아니라는 걸 알았으니 이 검 또한 특별한 능력이 있을 것으로 판단했다.

'절대 뚫지 못한다는 네메아의 사자 가죽을 뚫을 수 있단 거겠지.'

그 무엇으로도 뚫지 못했던 단단한 가죽. 백화의 검은 그것을 가능하게 할 무기가 틀림없다.

'할 수 있다!'

갑자기 자신감이 솟아났다.

그건 넥타르를 복용하면서 생긴 영웅의 성정이자 로미오의 내면 깊숙한 곳에 감춰져 있었던 '용기'이기도 했다.

사실 누구에게도 말하지 못했지만, 늘 꾸던 꿈이 있었다.

사람들을 괴롭히는 괴물을 무찌르는 용사의 꿈.

그것은 사내라면 누구나 한 번씩 꾸게 되는 무모한 꿈이었다.

그래, 무모하다.

가문이나 기타 외부 인사들에게도 '겁쟁이'로 불리는 그에겐 꿈속에서나 나올 법한 이야기에 불과했었다.

하지만 이젠 다르다.

수많은 사람을 한 끼 식사로 먹어 치운 괴물 네메아의 사자가 눈앞에 있다.

그리고 그에겐 녀석을 물리칠 수 있는 강력한 무구가 함께한다.

"하아아아아압!"

몸 안의 기운을 끌어올리듯 힘찬 기합성을 내질렀다.

그리고 시작된 놀라운 변화.

화륵, 화르륵.

백화의 검, 화신을 태우던 불꽃이 거세어지기 시작하더니 점차 그 크기를 불려 갔다.

10미터, 50미터, 100미터에 이르는 거대한 불꽃 검이 완성되었다.

그건 정훈이 전력을 다했을 때보다 더욱 크고 아름다운 모양새였다.

'정말 잠재력은 어마어마하단 말이야.'

사실 넥타르는 영웅의 성정을 심어 줄 뿐만 아니라 제한된 시간 동안 주민의 잠재력을 몽땅 끌어낸다.

괜히 신의 묘약이라 불리는 게 아니다.

단점이 있다면 그 능력이 아무 때나 발휘되는 건 아니라는 것이다.

위험한 순간, 혹은 중요한 결심의 순간에 한해 짧게 발휘된다.

로미오에겐 그 짧은 순간만으로도 충분했다.

후에 성장한 로미오를 본 적 있었던 정훈은 그 잠재력의 크기를 어느 정도 예상했다.

하지만 그게 저렇게 대단할 거라곤 생각하지 못했다.

'저 정도면 패의 마력이라고 볼 수밖에.'

화신에 주입되는 것을 봤을 때 최소 패의 경지에 이른 마력에서 뿜어져 나오는 기운이었다.

아직 정훈조차도 도달하지 못한 상위의 경지를 로미오가 보여 주고 있는 것이다.

"죽어 버려!"

겁쟁이로 살아왔던 날들에 대한 한을 푸는 것일까.

사자를 향해 거대화된 화신을 아무렇게나 휘둘렀다.

정말 이제 막 검을 잡은 초짜들이나 할 정도로 엉성한 동작이었지만, 그 위력마저도 초짜의 것은 아니었다.

콰콰콰콰쾅!

엄청난 폭발이었다.

얼마나 강력했던지 뒤이어 따라오는 후폭풍이 지면 깊숙이 박혀 있던 나무를 날려 버릴 정도였다.

하지만 정훈과 줄리엣 두 사람에겐 아무런 영향도 줄 수 없었다.

미리 설치해 놓은 보호의 장막이 그들을 지켜 주고 있었기 때문이다.

"쯧, 어쩐지 너무 강하다 했더니 힘 조절을 못 했군."

오딘의 안대로 흙먼지 너머를 살폈다.

하얀 잿더미가 된 사자의 시신 아래 로미오가 쓰러져 있었다.

처음 느끼는 강렬한 의지에 자신이 지닌 모든 기운을 쏟아부어 버렸던 것이다.

혹시 다른 짐승이 습격해 올지 모르니 녀석을 지켜 줘야 한다.

"어맛!"

거칠게 줄리엣을 양손에 안은 정훈이 발을 튕겨 힘차게 도약했다.

순식간에 거리가 좁혀지고, 쓰러진 로미오의 곁에 당도할 수 있었다.

"흥, 뭐야, 이 녀석. 기분 나쁘게 실실 웃고 자빠졌네."

힐끗 로미오를 응시한 줄리엣이 콧방귀를 뀌었다.

혼절 상태에서도 기분 좋은 미소를 띠고 있는 걸 봤기 때문이다.

평소와 같이 신경질적인 반응이라 생각할 수 있다.

하지만…….

'그대로 호감도가 조금은 올라간 모양이네.'

비록 정훈이 지닌 무구를 빌리긴 했으나 로미오의 힘으로 네메아의 사자를 쓰러뜨렸다.

12개 중 1개 과업을 성공한 덕분에 로미오를 보는 시선이 조금은 달라진 것이다.

그것은 살짝 부드러워진 그 눈빛만 봐도 알 수 있었다.

'문제는 이 녀석인데.'

12개 과업을 모두 완수하면 줄리엣은 로미오에게 푹 빠지게 될 것이다.

정훈이 돕는 이상 그 모든 과업은 이루어진 것이나 마찬가지였다.

문제는 로미오였다.

평소 정숙하고 조용한, 청순가련의 여성상을 좋아하는 그에게 있어 줄리엣이 눈에 들어올 턱이 없었다.

'이게 먹힐진 모르겠지만, 일단 시도는 해 봐야겠지.'

한때 게임 속 동료이기도 했던 로미오가 털어놓은 이야기.

줄리엣에게 첫눈에 반하게 된 계기를 흉내 내는 수밖에 없었다.

물론 그러기 위해선 사전 준비가 필요하다.

"아무리 봐도 한동안 깨어나진 않을 것 같은데. 이 근방에서 야영하는 게 좋겠어."

"앗, 오빠! 지금 나랑 같이 뜨거운 밤을 보내자고 고백하는 거?"

"아니."

단호하게 부정하며 쓰러진 로미오를 둘러멨다.

"오빠, 나도, 나도. 줄리엣도 다리 아포요."

볼을 부풀린 줄리엣이 목을 껴안은 채 매달렸다.

'진짜 이것만 끝나면 다신 보지 말자.'

차마 그 말을 내뱉진 못한 채 삼켜야만 했다.

"꽉 잡아."

"꺄앗!"

발을 구르며 높게 솟아오른 정훈이 한 마리 비조와 같이 나무 사이를 스치고 지나갔다.

목적지는 숲의 북동쪽 부근 온천. 로미오를 사랑에 빠지게 할 목욕 이벤트가 열릴 곳이었다.

네메아 숲의 북동쪽 끝에는 사시사철 따뜻한 샘물이 솟아오르는 신비의 온천이 자리하고 있다.

비이상적으로 강력한 짐승들이 숲을 점령하기 전, 사람들에게 선녀의 샘이라 불렸던 곳.

신비한 건 물의 온도만이 아니었다.

온천 근처에 발휘되는 특별한 마법적인 힘은 어떠한 짐승도 접근하지 못하는 금수禁獸의 구역을 만들었다.

풍경은 또 어찌나 아름다운지, 주변에는 온갖 아름다운 색감의 꽃들이 만발해 있었다.

슬프게도 이 아름다운 광경을 오랫동안 보여 주지 못했으나, 드디어 이곳에 손님이 찾아왔다.

얼굴에 얼음을 깔았는지 감정이 읽히지 않는 무표정의 사내와 혼절해 의식을 잃은 금발의 미남 청년, 정훈과 로미오였다.

벌써 기절한 지 2시간이 지났지만, 좀처럼 의식이 돌아오지 않고 있었다.

그만큼 충격이 컸던 것일까.

'약을 먹여 났으니 푹 자야지.'

사실 진즉 일어났어야만 했다.

정훈이 몰래 약을 먹여 놓지 않았다면 말이다.

이곳으로 오는 도중 혼절해 있던 로미오에게 수면의 비약을 먹여 놓았다.

이 약의 효과는 꼬박 하루 동안 잠에 빠지는 것. 마법적인 힘이 깃들어 있기 때문에 어떠한 충격에도 깨지 않는다.

'이게 없다면 말이지.'

마치 풀을 달인 듯한 진한 녹색 액체. 그건 기상의 비약으로 모든 수면 상태를 해제하는 소비성 아이템이었다.

지금껏 로미오를 깨울 때를 기다리고 있었고, 마침내 그때가 왔다.

반듯하게 누워 있던 로미오를 비스듬하게 안아 물약을 먹였다.

언뜻 보기엔 병든 아이를 위해 약을 먹이는 아비의 모습과도 같았지만, 실상은 강제로 주둥이 벌려 먹이는 중이었다.

"켁켁!"

과연 효과가 대단했던지 몇 모금 마시지 않고 곧장 잠에서 깨어났다.

"일어났냐?"

물끄러미 응시하더니 이내 지탱하고 있던 팔을 뺐다.

쿵!

"악!"

상황을 파악하지 못해 멍하니 있던 로미오는 지면에 뒤통수를 박아야만 했다.

눈물이 날 정도로 아프다. 하지만 고통보다 확인해야 할 게 먼저였다.

벌떡 일어난 그가 주위를 두리번거리더니 끝엔 정훈을 바라봤다.

"꿈이 아니었구나……."

모든 게 꿈이라고 생각했다. 하지만 아니었다.

자신을 납치한 납치범은 물론 이곳 또한 네메아 숲이 분명했다.

지독한 악몽이라고 생각했건만 그게 현실이었다니.

'어? 잠깐!'

모든 게 꿈이 아니라는 건 그 거대한 사자 괴물을 물리친 것 또한 현실이란 말이 아닌가.

곧장 자신의 몸을 훑었다.

갈색 가죽 갑옷과 백화의 검이 여전히 함께였다.

'이것만 있다면…….'

그 강력한 네메아의 사자마저도 쓰러뜨린 강력한 무구.

이 무적의 방어구와 불꽃 검이 있다면 그 무엇이 두려울쏘냐.

두려움에 젖어 있던 눈동자에 자신감이 차올랐다.

"어이, 납치범."

자신감이 넘치다 못해 오만할 정도였다.

"감히 이 몸을 납치하다니, 건방지기가 이를 데 없구나."

마치 뭐라도 되는 양 나댄다.

그 자신감의 이유를 알고 있는 정훈으로선 어처구니가 없을 뿐이었다.

"그거, 내가 줬다는 걸 잊은 건 아니지?"

"어허! 내 손에 넘어온 이상 이미 이것은 나의 것이다. 어차피 납치범, 네 녀석도 이것을 훔친 것이 아니겠느냐."

이젠 아예 아랫사람을 대하듯 훈계를 시작한다.

'하여간 이것들은.'

좀만 잘해 주면 기어오른다. 그건 입문자나 주민이나 다를 바가 없었다.

말보다 주먹이 가까운 건 모든 세계에 통용되는 절대의 법칙이라 할 수 있었다.

"괜히 까불다가 쳐 맞지 말고."

"네 이놈!"

소릴 지른 로미오가 위협적으로 화신을 흔들어 보인다.

"네놈이 정녕 죽고 싶어서⋯⋯."

"아주 지랄을 하세요."

순식간이었다.

어느새 로미오의 뒤로 돌아간 정훈이 뒤통수를 세게 쳤다.

빠악!

그 힘이 얼마나 셌던지 몸의 중심이 무너져 지면에 코를 박았다.

다행한 건 주변 물기로 인해 푹신하다는 것.

그렇기에 크게 다치지 않았으나 얼굴이 온통 진흙 범벅이 되어 자존심에 크나큰 상처를 입어야만 했다.

"하, 나 이것 참. 이렇게 나오겠다 이거지? 내 특별히 선심을 베풀려 했건만 이젠 어쩔 수 없구나."

여전히 주제 파악을 못 한 로미오가 화신을 수직으로 세웠다.

"하아압!"

힘찬 기합과 함께 화신을 휘둘렀다.

그의 상상 속 화신은 사자를 물리쳤을 때의 그것처럼 백색 불길을 내뿜고 있었다.

"잉?"

그러나 아무런 변화도 없었다.

엉성하게 벤 화신은 정훈의 손에 붙들려 있을 뿐이었다.

"머저리."

힘을 주어 화신을 끌어당겼다.

손잡이를 잡고 있었던 로미오 또한 얼떨결에 그에게 끌려 가야만 했다.

"두 번 말하지 않을 테니 잘 들어."

목을 움켜잡은 정훈이 귓가에 대고 속삭였다.

"줄리엣이 말한 12개 과업을 완수해."

"내, 내가 왜!"

넥타르로 인해 상승한 자신감은 반항을 불렀다.

물론 그건 용기가 아닌 만용에 불과했다.

"실패, 혹은 도망칠 경우 네 녀석의 목숨은 그걸로 끝이니까."

그냥 협박이 아니다.

효용 가치가 없는 주민을 데리고 다닐 이윤 없다.

어떠한 이유로든 12개 과업에 실패하게 된다면 그 대가는 목숨이 될 터.

지금 기회를 통해 정해 두지 않은 확실한 선을 그어 버린 것이다.

"알아들었으면 대답을 해야지?"

감히 범접할 수 없는 기세에 짓눌려 있던 로미오는 그저 고개를 끄덕일 수밖에 없었다.

그건 잠재력이 개방되지 않은 평범한 로미오가 버틸 수 있는 게 아니었던 탓이다.

"좋아. 그거면 됐어."

만족스러운 대답이다.

그제야 움켜쥔 목을 놓아주었다.

비틀대며 뒷걸음질 치던 로미오는 중심을 잃은 채 엉덩방아를 찧었다.

영혼이 나간 것만 같은 초점 없는 눈동자. 그만큼 정훈이 내뿜은 기세는 숨 막히는 것이었다.

조금 전 복용한 넥타르가 아니었다면 숨이 끊어져도 이상하지 않을 정도로 말이다.

"오늘은 별다른 일정이 없으니 쉬어 둬라. 뭐, 씻고 싶으면 얼마든지 씻어도 되고. 피로 회복으로 유명한 온천이니까."

넋을 놓은 로미오를 뒤로한 채 그곳을 벗어났다. 아니, 벗어나는 척하며 도깨비감투로 모습을 지웠다.

무장을 바꿔 기척마저 지운 그는 근처를 서성이며 로미오를 주시하기 시작했다.

'판은 마련됐고.'

이제 결과만이 남았다. 정훈이 모습을 감춘 건 그 결과를 지켜보기 위함이었다.

물론 그것만이 아니라 만약의 경우엔 자발적이 아닌, 강제적인 방법을 집행하기 위함이기도 했다.

"후우, 어쩌다 내 신세가 이렇게 됐는지."

정훈이 지켜보고 있다는 사실은 꿈에도 모르는 로미오는 땅이 꺼지게 한숨을 내뱉었다.

하룻밤 사이에 영지 최고 권세를 자랑하는 몬태규가의 독자에서 납치범의 일개 인질이 되어 버린 것이다.

그간은 워낙 경황 중이어서 실감하지 못했으나 이제야 실감이 났다.

"꼬라지하고는."

얼굴과 몸 곳곳이 진흙으로 가득했다.

이런 몰골이라니. 먼지 하나만 묻어도 시녀들이 알아서 씻겨 주곤 했었는데.

넥타르가 심어 준 성정이 아니었다면 벌써 이 자리에서 울고불고 난리였을 테지만.

"불평만 하고 있을 순 없지."

명색이 영웅의 성정이다.

성격은 조금 개차반 같아도 쉽게 좌절하진 않았다.

가장 먼저 직면한 과제부터 해결한다.

"피로 회복으로 유명한 온천이라……."

조금 전 정훈의 말을 떠올렸다.

반나절 동안 육신과 정신을 너무 혹사했다.

그렇지 않아도 뭔가 보충이 필요했는데, 피로 회복에 도움이 되는 온천이라면 마다할 이유가 없었다.

가장 직면한 과제부터 해결한다.

그리 생각한 로미오가 하얀 김이 솟아오르는 온천을 향해 걸음을 옮기기 시작했다.

Chapter 8

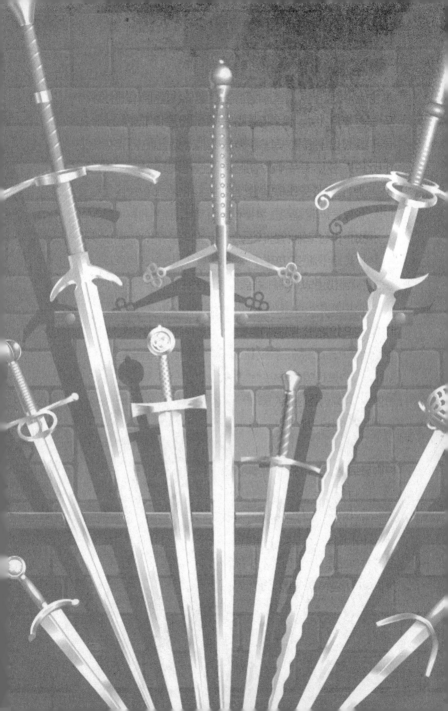

숲의 밤은 생각보다 추웠고, 온천의 열기는 뜨거웠다.

이 두 가지 상반된 기운이 만나면서 자욱한 수증기를 발생시켰다.

이 때문에 온천 주변은 물안개가 낀 것처럼 시야를 확보할 수 없었다.

첨벙.

그곳에 한 사람이 들어섰다.

로미오.

벌거벗은 그는 발을 살짝 담가 보며 온도를 확인했다.

적당히 따뜻하다고 판단했는지 이내 몸 전체를 담갔다.

'후우.'

물의 압력이 몸 전체를 감싸며 안마하듯 두드려 주었다.

'피로 회복에 도움된다는 게 마냥 헛소린 아닌 모양이네.'

하루의 피로가 말끔히 씻겨 내려가는 기분이었다.

물 온도로 뜨겁게 달궈진 돌에 등을 기대며 행복한 순간을 즐기던 때였다.

휘이잉.

우연이었을까. 갑자기 강렬한 바람이 불어와 장내를 감싸고 있던 수증기를 날려 버렸다.

"앗, 추워!"

"뭐야, 이건?"

동시에 들려온 말소리에 놀란 두 사람이 서로를 응시했다.

"아!"

로미오의 입에서 감탄사가 터져 나왔다.

은하수를 깔아 놓은 듯 반짝이는 은색 머리칼. 눈동자는 크고 다이아몬드처럼 반짝이며, 정확히 얼굴 가운데를 가로지르는 오똑한 코, 앵두를 머금은 듯한 입술은 한 떨기 청초한 수련화를 보는 듯했다.

청순가련 그 자체인 그녀를 본 순간 로미오의 가슴이 두근두근 뛰기 시작했다.

"꺄악, 이 미친 변태 새끼야!"

물론 상대의 마음은 달랐다.

이곳은 온천. 특별한 취미가 있는 이가 아니고서야 당연히 벌거벗은 채였다.

모두가 평등(?)한 이곳에 가장 싫어하는 이에게 나체를 보이다니.

아무리 시대가 변했다 해도 결단코 용납할 수 없는 일이었다.

그제야 로미오도 깨달았다. 그녀와 자신 모두가 벌거벗고 있는 상태란 것을.

"자, 자자자잠깐만요. 저, 전 사람이 있는 줄 모르고."

"나가, 당장 나가!"

"네, 네네. 알겠습니다. 당장 나가겠습니다."

황급히 몸을 일으켰다.

하지만 그건 물속에 감춰 두었던 자신의 자태(?)를 자랑하는 꼴이 되고 말았다.

"꺄아악, 이 변태! 지금 뭐하는 짓이야!"

못 볼 걸 봤다는 듯 손으로 눈을 가린다.

"죄, 죄죄송합니다. 절대 고의는 아니라는 걸⋯⋯."

"꺼져! 당장 꺼지라고!"

"네, 네네네네. 그래야죠. 시, 실례했습니다."

사과는 나중이다. 언제까지 있을 순 없는 노릇이라 손으로 중요 부위를 가린 로미오가 재빨리 온천을 나왔다.

"꺄아아아!"

저 멀리서 비명이 연신 비명이 올려 퍼지고 있었다.

"대체 이게 무슨 일이야!"

경황이 없기는 로미오도 마찬가지였다.

이 외진 곳에 나타난 저 아름다운 여인은 누구이며, 왜 사람이 있는 것도 몰랐단 말인가.

마치 도깨비에 홀린 것만 같은 기분이었다.

"무슨 일이지?"

마침 정훈이 나타났다.

물론 지금 이 순간을 기다리고 있다가 모습을 드러낸 것이었다.

"저, 저기. 웬 아름다운 여인이……."

뒷말을 삼켰다. 차마 나체를 봤다는 말을 할 수 없었기 때문이다.

"여인? 아차, 내가 깜빡하고 말을 안 해 줬나 보네. 줄리엣이 먼저 씻고 있다고 말하려고 했는데."

새빨간 거짓말이다.

이 모든 판을 짜 놓은 게 바로 그였다. 하지만 그 사실을 모르는 로미오는 그저 놀랄 수밖에 없었다.

"주, 줄리엣? 저, 저기 있는 게 그, 그 미친년이라고?"

가부키 화장 뒤에 숨어 있던 그녀의 민얼굴. 그건 로미오가 꿈에도 바라마지 않던 이상형 그 자체였다.

"그래. 그 줄리엣."

확인시켜 주는 정훈의 입가엔 짙은 미소가 자리하고 있었다.

온천에서의 일은 로미오와 줄리엣 사이에 많은 변화를 가져왔다.

줄리엣은 더 공격적으로 변한 데 비해 로미오는 그 어떤 공격에도 대응하지 않거나 얼굴을 붉힐 뿐이었다.

아직 어린 줄리엣은 그 변화가 무엇을 의미하는지 눈치채지 못했지만, 정훈은 그게 무엇인지 너무도 잘 알고 있었다.

어떻게든 줄리엣에게 잘 보여 마음을 얻겠다는 것.

과업을 달성해야 하는 주체인 로미오가 순응하게 되면서 그 진행이 굉장히 빨라지게 되었다.

물론 12개 과업은 로미오 혼자선 해낼 수 없는 일이다.

그렇기에 정훈의 물심양면과 같은 도움이 있었다.

목이 잘려도 재생하는 괴물 히드라는 화신의 힘을 한 번 더 빌렸다.

강력한 불 속성의 검은 잘린 단면을 지져 다시는 재생하지 못하게 했다.

강력한 맹독이 문제긴 했으나 정훈이 준 이무기의 비늘 세트는 모든 독으로부터 로미오를 안전하게 보호해 주었다.

이밖에도 스팀팔로수 호수의 하늘을 시커멓게 매운 괴조 떼는 절대 빗나가지 않는 활 페일노트로로 쉽게 처리했다.

머리 셋의 괴물 게리오네우스와 그의 소 떼를 지키고 있는 머리 둘 달린 개 오르트로스는 베기나 찌르기 공격에 절대적인 면역력을 지닌 존재들.

이 때문에 폭풍 신 바알의 무기인 야그루쉬, 아야무르 곤봉을 이용해 때려죽였다.

미노타우로스라는 강력한 적보다 복잡한 미궁이 더 난해한 크레타의 미궁은 황금 나침반이라는 걸출한 도우미로 쉽게 해결할 수 있었다.

본래 가장 어려운 임무인 케리네이아의 뿔 달린 암사슴, 에리만토스의 멧돼지, 디오메데스의 암말 등의 포획은 생각보다 간단했다.

그도 그럴 게 정훈에겐 악룡 파프니르의 뿔이 있었기 때문이다.

본디 드래곤이라 함은 모든 짐승을 지배하는 종족. 그 표식을 본 녀석들은 알아서 잡혀 주었다.

아마존 여왕 히플리테는 자신의 허리띠를 얻으려면 소원을 들어줘야 한다고 요구했다.

그 소원이라는 게 황당하기 그지없었는데, 일족의 번식을 위해 아마존 여전사의 수와 같은 남자들을 데리고 오라는 것이었다.

못해도 수천은 되어 보이는 아마존 여전사들의 짝을 찾는 게 어디 쉬운 일인가.

그러나 정훈에겐 쉬운 일이었다.

소비성 아이템인 진의 요술 램프는 3회에 한해 퀘스트 조건을 충당시켜 준다.

2회 남은 소원 중 하나를 사용했고, 아마존 여전사들은 저마다의 짝을 찾게 되었다.

하루에 하나, 고작 10일이 지났을 때 그들은 10개의 과업을 완수할 수 있었다.

하지만 남은 2개는 지금까지의 과업과는 비교할 수 없는 난이도의 것.

헤스페리데스의 정원에 있는 황금 사과를 얻는 방법에는 두 가지 길이 있다.

하나는 무작정 쳐들어가 그곳을 지키는 헤르페리데스의 자매들과 황금용 라돈을 처치하는 것이다.

정훈 본인이 과업을 달성하는 중이었다면 이 길을 선택했을 것이다.

그래야만 황금용 라돈을 잡아 풍성한 전리품을 획득할 수 있기 때문이다.

하지만 로미오는 그럴 만한 능력을 지니고 있지 않았다.

어쩔 수 없이 두 번째 길을 선택해야만 했다.

그 방법은 정원 근처에서 거대한 산을 떠받들고 있는 아틀라스에게 부탁하는 것이었다.

죄를 지어 산을 떠받드는 형벌을 받고 있었던 그는 자신을 대신해 산을 짊어지면 기꺼이 황금 사과를 가져오겠노라 답했다.

산을 짊어지기 위해선 패, 그것도 500 이상의 근력이 필요
했다.

정훈에게도 불가능한 일. 여기서 요술램프가 다시 한 번
빛을 발했다.

아틀라스의 환영을 만들어 내어 산을 대신 짊어지게 했고,
무사히 황금 사과를 획득할 수 있었다.

이로써 11개의 과업을 완수했다.

목표로 했던 12개 과업까지는 고작 하나가 남은 상황. 뜻
밖의 변수가 발생했다.

"이제 됐어, 오빠."

황금 사과를 든 줄리엣, 특유의 가부키 화장을 지운 그녀
가 미소를 지은 채 말했다.

"됐다고?"

그 저의를 파악하지 못한 정훈이 물었다.

"응."

그러자 줄리엣이 쾌활하게 대답하며 고갤 끄덕였다.

그녀의 시선이 옆을 향했다. 그곳엔 그녀와 닮은 미소를
지은 로미오가 있었다.

'벌써?'

그 광경이 무엇을 뜻하는진 어렵지 않게 파악할 수 있었다.

본인이 계획한 일이다.

다만 예상하지 못한 부분은 아직 12개 과업을 완수하지 않은 시점이라는 것이었다.

'12개 과업을 완수해야 연인이 되는 게 아니었던가?'

미래, 성인이 된 로미오가 해 준 이야기에는 12개 과업을 완수한 후에야 연인이 되었다고 했다.

의문에 가득 찬 시선이 조금 아래로 향했다.

꼭 맞잡은 두 손이 보였다.

'뭐, 상관없겠지.'

오히려 잘됐다.

귀찮은 짐을 대동하지 않은 채 목적한 바를 달성할 수 있을 테니 말이다.

줄리엣을 향해 있던 시선이 로미오에게로 향했다.

"아무래도 조건을 변경해야 할 것 같은데."

"네? 무슨 조건을?"

"널 풀어 주는 조건."

"아!"

그제야 예전 정훈이 말을 떠올렸다, 12개 과업을 완수하기 전까진 집에 보내 주지 않겠다는 말을.

"아직 1개 과업이 남은 상태지만, 둘이 이런 상태라면 더

할 이유가 없지. 돌아가도 좋아. 한 가지씩만 내놓는다면."

본래 계획엔 아무것도 요구할 생각이 없었다.

하지만 동행하지 않게 된 지금은 다르다.

"뭘 드려야 하죠?"

긴장한 얼굴의 로미오가 물었다.

아직도 그는 정훈을 두려워하고 있었다.

그 끝을 알 수 없는 무력과 화려한 무구의 주인. 줄리엣은 조금 가벼이 생각하는 것 같지만, 위험한 인물임엔 틀림없었다.

"가주에게 물려받은 펜던트 있지?"

로미오와 줄리엣, 둘을 번갈아 바라보며 말했다.

"오빠, 이거?"

"이걸 말씀하시는 건지?"

두 사람이 동시에 내민 것. 그건 반쪽의 펜던트였다.

"뭐야? 오빠, 이거 왜 가지고 있어?"

"이게 어떻게⋯⋯?"

캐풀렛, 몬태규 가문에선 자식이 태어나면 반드시 물려주는 게 하나 있다.

그게 바로 두 사람이 내민 반쪽의 펜던트였다.

언제부터, 왜 이것이 내려져 왔는진 알지 못하지만, 오래전부터 행해지던 전통이었기에 묵묵히 따르고 있었을 뿐이었다.

나머지 반쪽의 행방에 대해선 알지 못했는데 놀랍게도 원수라 생각했던 가문에서도 똑같이 내려져 오고 있었던 것이다.

"이거면 됐어."

어느새 정훈은 두 사람의 손에서 펜던트를 낚아채었다.

"받아."

그러고는 둘둘 말린 양피지 두 개를 나눠 주었다.

"귀환의 서. 찢으면 영지로 돌아갈 수 있을 거야."

마치 이리될 것을 알고 있었던 것처럼 막힘없이 대처했다.

"땡큐. 이걸로 날 납치한 건 없던 걸로 쳐 줄게."

"……"

정훈에게 아무런 원한이 없는 줄리엣과 달리 로미오의 생각은 달랐다.

'집에 돌아가기만 해 봐라. 가문 사람들을 쫙 풀어서 그냥.'

지금까지의 수모를 되갚아 주리라.

로미오의 눈은 복수로 활활 타오르고 있었다.

'애석하게도 그렇겐 안 될걸.'

로미오의 복수심을 눈치채지 못할 정훈이 아니었다.

하지만 상관없었다. 어차피 이 젊은 두 남녀는 돌아가는 즉시 가문에서 내쳐진 채 방랑길에 오를 테니까.

"잘 가라."

언젠간 다시 만나게 되겠지. 가벼운 작별 인사를 건넸다.

"고마웠어, 오빠. 다음에 또 봐."

"안녕히 계십시오."

이에 화답한 두 사람이 귀환의 서를 찢었다.

화악!

눈부신 섬광이 터져 나온 다음 순간, 둘의 모습은 그 어디에서도 찾아볼 수 없었다.

사라진 그 자리를 물끄러미 응시하던 정훈은 조금 전 얻은 펜던트를 확인했다.

검은색으로 칠해진 바탕에 하얀 수선화가 양각된, 물방울 모양의 펜던트.

'테세우스의 펜던트.'

오래전 죽음의 세계를 건넜던 영웅의 상징.

테세우스는 캐풀렛가와 몬태규가의 시조이기도 했다.

지금에서야 원수지 사실 두 가문은 한 뿌리에서 시작되었다.

다만 권력과 재산의 상속 등으로 갈등을 빚어 척지게 되었고, 오랜 세월이 지난 지금은 앙금만 남아 원수지간이 되었던 것이다.

물론 가문의 비화는 정훈에겐 하등 상관없는 일.

중요한 건 이 펜던트였다.

양손에 든 반쪽의 펜던트를 가까이 가져갔다.

인간의 이기심으로 오래 시간 동안 갈라져 있었던 펜던트가 마침내 하나가 되는 순간이었다.

마치 접착제라도 발라 놓은 것처럼 갈라진 단면이 착 하고 달라붙었다.

그리고 그 순간 펜던트에 양각된 수선화 중앙에서 요사한 보랏빛이 뿜어져 나오기 시작했다.

그 빛을 확인한 정훈은……

"내 앞에 죽음의 길을 열어라."

펜던트의 마력을 개방시키는 시동어를 외쳤다.

수선화 중앙에서 뿜어져 나오던 보라색 빛이 일직선으로 지면을 가르고 지나갔다.

드드드득.

요란한 진동과 함께 지면에 균열이 일었다.

단순한 지진이 아니었다.

양쪽으로 갈라진 지면 사이로 검은색 문이 모습을 드러 냈다.

죽은 자들의 세계로 통하는 유일한 문.

그곳으로 다가간 정훈은 문의 중앙 쪽에 파인 홈에 펜던트 를 가져갔다

끼익.

생자에겐 허락되지 않은, 죽은 자들의 세계로 향하는 문이 열렸다.

'이제 마지막 한 놈만 남았다.'

3대 재앙 중 그 대미를 장식한 헬이 머물고 있는 세계.

현재는 모든 3대 재앙이 모여 있는 사지이기도 했다.

'반드시 성공한다.'

정훈에게도 쉽지 않은 일.

하지만 모험을 하지 않으면 얻는 것도 없다.

각오를 다진 정훈이 열린 문 너머로 발을 들였다.

문 너머의 세계는 어두운 동굴과 같았다.

일반적으로 생각할 수 있는 좁은 동굴이 아닌 거대한 공간으로, 걸어갈 때마다 켜지는 보라색 횃불로 어두운 길을 나아갈 수 있었다.

몬스터와 같은 장애물은 없었다.

그저 걸어가길 한참…….

-쿵. 뭐지 이 냄샌?

-쿵쿵. 산 자의 냄샌 것 같은데?

-산 자? 이곳에?

머릿속에 울리는 짧은 대화와 함께 전면으로 거대한 문이 나타났다.

비록 크기가 남다르긴 하지만 문이야 어디든지 있을 수 있는 것.

정작 문제는 그 앞을 지키고 있는 괴물이었다.

용암이 흐르는 듯 붉게 빛나는 눈과 주둥이 사이로 푸른 불꽃이 넘실대었다.

강철과 같이 빳빳한 검은 털에 머리가 3개 달린 거대한 개. 지옥의 수문장 켈베로스였다.

이 동굴은 생과 사의 경계와 같은 곳으로, 죽은 자들의 세계로 가기 위해선 반드시 켈베로스를 넘어서야만 했다.

-길을 잘못 들었을 리는 없을 테고.

-괜한 영웅심에 취한 머저리로군.

-산 자의 방문이라……. 이게 얼마만이지? 900년, 아니, 1천 년이었던가?

3개의 머리가 끊임없이 대화를 나누었다.

물론 그 화젯거리는 정훈이었다.

산 자의 방문은 불멸의 삶을 살아온 켈베로스에게도 낯선 경험일 수밖에 없었다.

"그냥 보내 줄 마음은 없지?"

그리 크게 말하지 않았지만, 동굴 속 그의 말은 메아리처럼 멀리 뻗어 나갔다.

-산 자가 그냥 보내 줄 수 있겠냐는데?

-이곳에 온 것만 봐도 제정신은 아니었지.

-오랜만에 산 자의 고기를 맛볼 수 있겠군.

정훈을 직시하는 켈베로스의 주둥이 사이로 진득한 타액이 흘러내렸다.

"그래. 그럴 줄 알았어."

지키는 괴물과 지나가려는 자. 더는 대화의 의미가 무색했다.

무장을 바꾼 정훈의 몸 주위로 눈부신 광채가 뿜어져 나왔다.

빛으로 이루어진 창 브류나크와 백조의 모습을 형상화한 방어구는 '로엔그린의 백조 기사' 세트였다.

외형과 뿜어 대는 기운에서 알 수 있듯 어둠 속성과 상극인 빛 속성으로 도배한 무장이었다.

"어둠을 몰아내는 찬란한 빛이여."

오색 광채가 브류나크를 감쌌다.

빛의 특이 속성 중 하나인 광명이 부여된 것.

어둠과 죽음死의 속성을 지닌 존재에게 상상 이상의 피해를 줄 수 있다.

─아주 기분 나쁜 녀석이다.

─먹으면 배탈 난다. 죽이자!

─갈기갈기 찢어 죽이자!

본능에 따라 광명 속성에 대한 불쾌감을 표한 켈베로스가 곧장 머금고 있던 불길을 내뿜었다.

화아악!

준비할 틈도 없이 전방 부채꼴 범위로 푸른 불꽃의 숨결이 뿜어졌다.

"천상의 가호가 나와 함께한다."

세트 방어구에 내재된 특수 능력이 발동되었고, 황금빛 광채가 둥근 막을 형성해 그를 보호했다.

그것은 천상의 가호, 죽음 속성 공격에 한해 면역에 가까운 절대의 보호막을 생성한다.

켈베로스는 죽음에서 태어난 괴물.

당연히 녀석이 행하는 모든 공격도 죽음 속성이다.

그렇기에 녀석이 내뿜은 불꽃은 정훈의 티끌 하나 상하게 할 수 없었다.

그대로 불길을 가르며 뛰어갔다.

상대의 허점을 노린 움직임. 설마 이 불길을 뚫고 다가올 줄은 상상도 하지 못했을 것이다.

놀라운 속도로 쇄도한 그의 브류나크가 가장 오른쪽 머릴 찔렀다.

푸욱!

-크아악!

단순히 찔린 거라면 이토록 고통스럽진 않을 것이다.

찔린 부위를 머릴 기점으로 그 주변이 하얗게 타들어 가고 있었다.

이대로 놔뒀다간 온몸이 불타 죽음에 이르게 될 터였다.

이 명석한 괴물은 자신의 머리 하나를 그대로 뜯어 버렸다.

고통은 잠시에 불과했고, 그래야만 목숨을 유지할 수 있었으니 방법이 없었다.

분노가 극에 달한 켈베로스의 공격이 이어졌다.

하지만 그 공격은 정훈이 아닌, 매번 허공을 가를 뿐이었다.

3막에서의 정훈의 순발력은 패의 경지를 능가하는 정도의 대단한 수치를 자랑했다.

거기에 펜릴을 쓰러뜨리고 얻은 늑대의 야성까지 더해져 그야말로 신출귀몰한 움직임을 보여 주고 있었던 것이다.

상대적으로 움직임이 둔한 켈베로스가 정훈을 따라가기는 불가능한 일이었다.

애초에 승산이 없는 싸움이었다.

물론 켈베로스가 약하다는 건 아니다.

녀석도 능력치만으로 보자면 강의 끝에 이른 굉장한 괴물이나 황금병이나 요르문간드와 같은 상식을 넘어서는 괴물이 아닌 이상에야 정훈의 상대가 될 수가 없었다.

가지고 놀 듯이 요리조리 몸을 피하던 정훈은 기회가 있을 때마다 녀석의 몸에 브류나크를 찔렀다.

—끄으윽!

어김없이 터져 나오는 고통에 찬 비명.

압도하는 상대임에도 철저한 그에게 방심은 없었다.

서서히 피를 말려 죽이듯 상처를 늘려 가며 피해를 주면서 결정적 기회를 엿봤다.

—이 녀석!

상처가 늘어나면서 움직임이 둔해졌고, 그에 따라 힘을 주어 동작이 커졌다.

당연히 공격이 빗나갔을 때의 허점도 클 수밖에 없었다.

"빛의 창이 어둠을 밝힌다."

어마어마한 마력이 부여된 브류나크가 정훈의 손을 떠났다.

쐐애액!

오색 광채의 궤적을 그린 창은 머리를 꿰뚫고, 나머지 하나 남은 머리마저 관통하며 지나갔다.

그것으로 끝이었다.

강력함을 자랑하던 지옥의 수문장은 하얗게 재가 된 채로 존재의 흔적만을 남겼다. 아니, 또 다른 흔적이 남긴 했다.

정훈의 시선이 향한 곳. 그곳엔 검은색 열쇠가 떨어져 있었다.

죽은 자들의 세계 헬로 갈 수 있는 열쇠.

이는 오직 켈베로스를 쓰러뜨려야만 얻을 수 있는 것이기도 했다.

곧장 그 열쇠를 집은 정훈이 문 앞에 섰다.

아무것도 없이 검게만 칠해진 문에 열쇠를 가져가자 마치 물속에 빨려 들어가는 것과 같이 사라졌다.

그리고…….

그그긍.

굉음과 함께 문의 틈새가 벌어지며 그 사이로 불길한 핏빛이 새어 나왔다.

하지만 잠깐의 망설임도 없었다.

곧장 열린 틈새 사이로 들어가자 순간이동을 할 때와 마찬가지로 주변 사물이 빠르게 바뀌어 갔다.

찰나의 순간 그는 전혀 다른 세상에 도착할 수 있었다.

그건 색다른 경험이었다.

마치 육지에 있다가 물속으로 들어갔을 때와 같은 굉장한 이질감이 느껴졌다.

느껴지는 공기마저도 다른 세계.

주위는 온통 어둠밖에 존재하지 않았다.

그런데 신기한 건 주변 사물을 분간하는 게 어렵지 않다는 것이다.

어둠 속에서도 대낮처럼 시야를 확보할 수 있었다.

저 먼 곳에는 검은 태양이 떠 있었다.

태양마저도 검게 칠해진 곳.

이곳이 바로 죽은 자들의 세계였다.

"아이고, 아이고."

"내가 죽었다고. 믿을 수 없어."

"이렇게는 못 가. 억울해, 억울하다고!"

암울한 분위기완 달리 주변은 북적거리는 소음으로 꽤 시끄러웠다.

그도 그럴 게 이곳은 죽은 자들의 거주지로 가는 유일한 이동수단이 있는 곳이었던 탓이다.

하루에도 수천, 수만 명의 사람이 죽어 나가고 있었고, 지금이라고 다르지 않았다.

수많은 망자가 눈앞에 펼쳐진 검은 강을 건너기 위해 대기하고 있었다.

'이 정도면 적어도 7일 정도는 기다려야겠는데.'

어림잡아 7일이지 어쩌면 더 많이 소요될 수 있다.

물론 정훈은 그렇게 시간을 낭비하고 싶은 마음이 없었다.

정훈은 일렬로 서 있는 사람들을 가로질러 곧장 한 곳으로 나아갔다.

행렬의 끝엔 작은 나룻배가 정박된 나루터가 존재했다.

그리고 그곳을 지키는 건 검은 로브를 둘러쓴 이.

"생자가 이곳에는 무슨 일이지?"

검은 로브의 그가 정훈을 보며 물었다.

놀랍게도 로브 속에서 드러난 그의 얼굴은 살점 하나 없는 해골이었다.

"황천의 강을 건너려고."

섬뜩한 행색에도 태연한 반응이었다.

"생자가 강을 건너 어쩌려고?"

"그건 알 바 아닐 텐데, 카론. 당신의 역할을 황천의 강을 건너게 해 주는 것일 테니."

망자는 눈앞에 보이는 슬픔의 강 아케론을 시작으로 탄식의 강 코키투스, 불의 강 플레게톤, 망각의 강 레테, 증오의 강 스틱스를 건너 죽음의 세계로 가야만 한다.

검은 로브를 둘러쓴 해골의 정체는 황천의 뱃사공 카론.

황천의 강에 배를 띄워 망자들을 운송하는 유일무이한 이였다.

"그야 그렇지. 무슨 목적인진 모르겠으나 죽고 싶은 게 소원이라면야. 그래, 뱃삯은 준비해 왔고?"

물론 배를 타기 위해선 뱃삯을 지급해야만 한다.

"참고로 생자의 세계에서 쓰던 화폐는 받지 않아. 오직 이것만이 나를 움직일 수 있지."

그러면서 그는 수선화가 그려진 황금 동전 하나를 꺼냈다.

그것이 바로 죽은 자들의 세계에서 사용하는 화폐, 넥클러스였다.

당연하지만 생자들의 세계에선 절대 얻을 수 없는 종류의 것이었지만.

"받아."

묵직한 가죽 주머니를 건넸다.

"말했지만, 생자들의 세계에서 사용하는 화폐는……."

"알고 있으니까 확인해 봐."

말을 끊으며 확인을 재촉했다.

그 말에 더는 토를 달지 않고 주머니를 확인했다.

"흐읍!"

영겁의 시간을 뱃사공으로 지냈다.

단언컨대 카론이 놀란 건 지금을 포함해 세 번을 넘지 않았다.

그만큼 그는 지금 매우 놀라고 있었다.

"이, 이걸 도대체 어디서……?"

주머니 안엔 넥클러스가 한가득이었다.

물론 그건 예전 한주먹 캐릭터로 얻었던 것이었다.

한동안 헬에서 살다시피 한 그에겐 어마어마한 양의 넥클러스가 보관되어 있었던 것.

"그 정도면 바로 갈 수 있겠지?"

묻는 말엔 대답하지 않았다.

대신 자신 뒤쪽으로 길게 이어진 행렬을 가리키며 물었다.

"그야 물론이지."

딱딱.

기분이 좋은지 턱관절을 부딪쳐 요란한 소리를 냈다.

돈이면 모든 게 해결된다.

건 죽은 자들의 세계에서도 마찬가지였다.

대량의 넥클러스를 지급한 정훈은 길게 이어진 줄을 무시한 채 곧장 강을 건너게 되었다.

빨리만 건넌 게 아니었다.

일반 망자들이 조그만 나룻배를 이용한 것과 달리 그는 최고급 캐러벨에 탑승할 수 있었다.

뱃삯으로 과할 정도의 넥클러스를 지급한 것도 이러한 이유에서였다.

거친 파도로 쉴 새 없이 움직이는 나룻배와 달리 이동하는 내내 흔들림이 전혀 없었다.

캐러벨에 부여된 보호 마법으로 망자들을 습격하는 괴물들과의 조우도 없었고, 편안한 숙박은 물론 각종 호화로운 음식까지 제공되었다.

'예전엔 개고생했었는데.'

단 한 개의 넥클러스 없던 게임 플레이 시절, 카론의 각종 부탁을 들어주고 힘겹게 나룻배로 이동해야만 했다.

5개 강을 건너는 동안 죽을 뻔한 위기도 여러 차례 겪기도 했는데, 그때완 달리 너무도 편안했다.

이동속도도 빨라 보통은 3~4일이 걸리는 일정을 고작 반나절 만에 목적지로 도착할 수 있었다.

"그럼 편안한 여행되시길."

예상하지 못한 수입에 공손해진 카론의 인사를 뒤로한 채 전면을 응시했다.

죽은 자들의 거주지가 펼쳐졌다.

일반적으로 죽은 자들의 세계라 함은 지옥불이 들끓고, 고통에 찬 비명이 아우성치는 곳으로 생각하기 쉬우나 그렇지 않다.

그저 생자가 아닌 망자들이 산다는 게 다를 뿐 나머지는 흡사하다.

집도 있고, 밥도 먹어야 하며, 일해서 돈도 벌어야 한다.

다만 가장 크게 다른 점이 있다면 악하면 악할수록 이곳에

선 더 대우를 받을 수 있다는 것이다.

본래 세계의 질서를 위해 악한 일을 한 자는 벌을 받는 곳이 헬이었지만, 세력의 수장이 바뀌면서 모든 게 변했다.

정훈이 이곳을 방문한 목적이기도 한 지옥의 여제, 헬.

그녀가 집권한 뒤로는 악인이 창궐하는 음험한 곳으로 뒤바뀌어 있었다.

'그리고 녀석을 쓰러뜨리려면……'

헬. 3대 재앙 중에서도 가장 강력한 그 존재를 처치하기 위해선 한 존재의 도움이 필요했다.

'……하데스를 찾는다.'

본래 헬의 지배자였던 죽은 자들의 왕 하데스. 그를 찾는 게 가장 직면한 과제였다.

⁂

하데스. 그는 죽음의 왕이자 지하 광맥을 관리하는 부의 관리자이기도 했다.

과연 그 명성답게 예전 그가 기거했던 죽음의 궁전 안 왕의 창고에는 온갖 휘황찬란한 보물이 보관되어 있다.

안타까운 건 그 창고가 헬의 소유지가 되었다는 것이고, 다행인 건 막대한 보물이 아직 그대로라는 사실이다.

왕의 창고는 하데스가 지닌 비밀 열쇠가 아니면 절대 열리지 않는 곳이었기 때문이다.

그 왕의 창고가 있는 죽음의 궁전 안, 삼엄한 경비로 유명한 그곳을 제집 안방처럼 느긋하게 걷는 건 정훈이었다.

경비가 많다곤 하나 모두가 눈뜬장님이다.

황금 관 퀴에네를 착용한 상태였기 때문이다.

존재와 기척을 모두 감출 수 있기에 그 아무리 대단한 헬의 정예들이라 해도 그를 눈치채는 건 불가능한 일이었다.

유유히 경비들 사이를 지나쳐 도착한 곳은 수선화가 그려진 황금 문 앞이었다.

이곳이 바로 죽음의 궁전 가장 지하에 위치한 왕의 창고였다.

그 앞에 선 정훈은 머뭇거릴 수밖에 없었다.

'경비가 없다고?'

어찌 된 일인지 문 앞을 지키고 있어야 할 경비가 보이질 않았다.

열쇠가 없어 그림의 떡이라 하지만, 그렇다 해도 경비 하나 없다니.

'함정인가?'

아니, 그럴 리 없다. 어떻게 적이 침입할 줄 알고 함정을 팠겠는가.

'그래도 만약의 경우를 배제할 순 없으니.'

목숨이 달린 일이니 신중할 수밖에 없다.

혹시 하는 생각에 주변을 탐색해 보았다.

은신한 적을 찾기 위해 탐지 아이템을 사용했지만, 수상한 낌새는 찾을 수 없었다.

'일단은 계획대로.'

조금은 불안해도 퀴에네가 있는 이상 목숨에 지장은 없을 것이다.

한차례 주위를 둘러본 그가 황금 문 앞에 다가섰다. 그리곤 문 색과 똑같은 황금 열쇠를 꺼냈다.

왕의 열쇠. 오직 하데스만이 지니고 있는, 아직 누구에게도 양도하지 않은 것이지만…….

'복제품이라고 볼 수 있으려나.'

사실 정훈도 이것을 어떻게 정의 내려야 할지 알 수 없었다.

현재 왕의 열쇠는 하데스가 지니고 있다.

지금 정훈이 꺼낸 건 게임 속 세계의 하데스에게 받은 것. 헬과의 전쟁에서 큰 공훈을 세운 보상이었다.

오직 하나만 존재해야 할 게 정훈으로 인해 2개가 된 것이다.

'덕분에 계획을 완성할 수 있었지.'

이게 바로 정훈이 침입한 목적이었다.

하데스는 단순히 내부에 소란을 피워 그들이 쉽게 진입할 수 있는 시간을 버는 것으로만 알고 있지만, 그건 부수적인 부분이다.

정작 정훈이 중요시 생각하는 건 왕의 창고에 보관된 보물들이었다.

'게임에선 항상 허탕을 쳤었는데.'

왕의 창고에 들른 적은 있다.

하지만 그 보물을 구경하진 못했다. 전쟁이 끝난 후 방문한 창고는 항상 텅텅 비어 있었던 탓이다.

왜? 그 이유에 관한 답은 아직도 알지 못한다.

추측으론, 문을 열 수 있는 누군가가 전쟁 통에 빼돌렸다는 것뿐.

'누군가 먼저 손을 대기 전에 내가 먼저 가져간다.'

그 과정이 문제였지만, 퀴에네를 통해 손쉽게 잠입할 수 있었다.

이제 눈앞에 펼쳐진 진수성찬을 배불리 먹는 일만 남았다.

끼익.

절대로 열리지 않을 것만 같던 문이 마침내 열렸다.

창고 안으로 발을 들이자 모든 은신 효과를 제거하는 고유 결계가 발동하고, 자연스레 정훈의 모습이 드러났다.

"여어!"

하지만 그곳엔 보물이 아닌 전혀 예상치 못한 만남이 기다리고 있었다.

긴 머리칼과 예의 편한 무복은 입은 이.

자신을 유운이라 소개했던 사내가 조금은 놀란 얼굴로 정

아이템
매니아

훈을 맞이했다.

"다시 보게 될 줄은 알았는데, 여기서 볼 줄은 몰랐네."

놀란 감정은 이미 추슬렀다.

이 대범한 사내의 눈동자는 상대에 대한 흥미로 반짝이고 있었다.

"그건 내가 할 말인데."

얼떨떨한 건 정훈도 마찬가지였다. 설마 저자를 여기서 보게 될 줄은 상상도 하지 못했다.

그리 말하는 정훈의 시선은 유운의 어깨 쪽으로 향했다.

그곳엔 자신의 몸만큼 부풀어 있는 보따리가 있었다.

"아, 이거?"

어깨에 멘 보따리를 잠시 들어 올려 보인 그가 말을 이었다.

"나도 이런 도둑질은 영 취미가 아닌데 말이야. 위에서 시키니 별수 있나. 아랫것들은 그저 명령에 따를 뿐이지."

'아랫것?'

자신을 아랫것이라 표현했다.

자존심이 남달리 강한 이스턴 녀석들이 굳이 자신을 낮추어 말할 턱은 없으니.

'역시 괴물 집단인가.'

과연 이스턴 내에서도 네 손가락으로 꼽히는 남주의 저력을 알 수 있었다.

저 정도 되는 인물을 간부도 아닌 일개 아랫것으로 부릴 수 있다니 말이다.

'동료는……?'

그의 눈이 좌우로 돌아갔다. 혹시 있을 그의 동료를 탐색하려는 것이었다.

"안심해. 나 혼자니까."

그 의도를 파악한 유운이 유들유들한 미소를 지어 보였다.

"한 번 마주침은 우연이라지만 두 번 만남은 인연이라던데. 아무래도 이렇게 될 운명이 아니었나 싶네."

어느새 보따리를 바닥에 내려놓은 유운이 허리의 검을 빼어 들었다.

"무슨 의미지?"

"처음 본 순간부터 너와 생사를 건 비무比武를 펼치고 싶었단 말이지."

'미친!'

다행히 욕설은 속으로 삼켰다.

앞뒤 맥락 없이 갑자기 싸우겠다니.

이스턴 녀석 중 제정신이 박힌 녀석이 드물다는 건 알고 있었지만, 이 정도였을 줄은 몰랐다.

"미안하지만 난 싸움을 즐기는 타입이 아니라서."

싸울 마음이 없는 것을 보이기 위해 양손을 든 채 한 발 물러났다.

보물이 탐나긴 하지만, 목숨을 걸 정도는 아니었다.

내부를 흔드는 것도 차선이 있는 만큼 집착할 이유가 없다.

"하나 말하지 않은 게 있는데 말이야."

물러나려는 정훈을 의미심장하게 바라본 유운이 말을 이었다.

"지금 내 임무가 왕의 창고를 지키는 건데, 눈앞에 침입자가 있네. 자, 이제 어떡할까? 이 신호탄을 쏴서 적의 침입을 알리는 게 좋을까?"

그가 꺼낸 건 푸른빛을 발하는 마법의 신호탄이었다.

터지는 즉시 마법의 힘이 퍼져 이곳에 있는 모든 경비가 주위로 모여들 것이다. 아니, 사실 경비는 문제가 되지 않는다.

'재앙 녀석들이 모이면 끝이다.'

헬은 물론 육신이 소멸한 2대 재앙이 찾을 가능성도 있다.

물론 퀴에네의 격을 사용하면 무사히 빠져나갈 수야 있겠지만, 그렇게 되면 모든 계획이 무산된다.

"머리가 복잡하지? 그래. 왜 안 그렇겠어. 무얼 계획하는진 모르겠지만, 이게 터지는 순간 그 모든 게 무산될 테니 말이야."

명백히 우위의 입장에 선 유운은 여유가 흘러넘쳤다.

"복잡하게 생각하지 않는 길을 알려 줄까? 간단해. 나와 지금 이 자리에서 비무할 것. 그것만 지켜 준다면 신호탄을 터뜨리는 일은 없을 거야."

"왜 그렇게 비무에 집착하는 거지? 다른 길이……."

"뭐, 싫다면 뭐 별수 없지. 이 신호탄을 터뜨리는 수밖에."

그건 정훈에게 낯선 경험이었다.

지금까지 늘 우위에 서서 상대를 가지고 놀았건만 지금은 그 반대의 관점이 된 것이다.

'별수 없나?'

차라리 이게 다행일 수 있다.

묻지도 따지지도 않고 신호탄을 터뜨렸다면 일말의 기회마저 사라졌을 테니 말이다.

'당연히 이길 거라 생각하겠지.'

아무리 이스턴 녀석들이 비무를 달고 산다지만, 그것도 승산이 있을 때의 이야기다.

유운 또한 다르지 않다. 자신이 있으니 당당한 것이다.

불과 얼마 전만 해도 그 의견에 이견을 표하진 않았겠지만…….

'지금은 다르다.'

은신에 치중된 모든 무장을 바꿨다.

오른손엔 양의 검 간장, 왼손에 음의 검 막야를.

몸을 감싼 은빛 찬란한 보호구는 투신의 가호 세트였다.

철의 기사 티벌트를 상대할 때 선보인 바 있었던 극강의 능력치 상승 조합 세팅.

무공이라는 특이한 기술을 사용하는 이스턴 녀석들을 상대하기 위한 최상의 대응이었다.

"호오, 걸치고 있는 게 범상치 않네."

그 순간 정훈은 볼 수 있었다, 흥미와 함께 욕망으로 번뜩이는 유운의 눈동자를.

'미안하지만 가질 순 없을걸.'

퀴네에가 있는 이상 패배하더라도 죽진 않는다. 그렇기에 안심하고 전투에 임할 수 있다.

"투신이 이곳에 강림하니."

곧장 투신의 가호를 발동했다. 이로써 그의 능력치는 강의 3천에 도달했다.

온몸에 용솟음치는 기운을 양손에 쥔 간장과 막야에 주입했다.

웅웅.

그 엄청난 힘에 검명이 울리고, 음과 양의 기운이 사방으로 뻗어 나가 더위와 추위를 불러일으켰다.

"음기와 양기를 지닌 검이라. 흥미롭군, 흥미로워."

지면을 향해 있던 검을 수직으로 세웠다.

손잡이를 휘감은 용이 인상적인 옥玉의 검.

그 옛날 유명한 군주 중 하나인 조조의 두 자루 검 중 하나인 의천검이었다.

"내 의천검의 좋은 상대가 되겠어."

검을 잡은 손에 힘을 주었다.

마찬가지로 검명을 토해 낸 의천검 주위로 녹색 기운이 감쌌다.

정훈과 같이 기운이 무섭게 뻗어 나가진 않았으나 그 예리함에 몸서리가 쳐질 정도였다.

타앗!

먼저 선수를 친 건 정훈이었다.

지면을 박찬 그의 육신이 순식간에 유운을 가까이 두었다.

간장을 휘둘렀다.

그저 횡으로 베기. 평범한 베기에 불과했으나 숙련도 50레벨에 달한 그의 검은 최상의 궤적을 그리며 적에게 쇄도했다.

캉!

목 언저리를 노린 붉은 궤적을 녹색 궤적이 가로막았다.

하지만 한 번의 실패에 물러나지 않는다.

쌍검의 장점은 적이 공격할 수 없도록 몰아치는 것. 붉은, 푸른 궤적이 쉴 새 없이 유운의 전신을 베었다.

카카캉!

하지만 유운의 방어는 능숙했다.

정훈의 몰아치는 공격에도 여유를 잃지 않은 그는 간결한 동작으로 그 모든 것을 방어했다.

"쯧, 어설퍼. 그렇게 정직하게 공격하면 삼척동자도 벨 수 없을걸."

위력은 인정하는 바다.

하지만 너무 정직하다.

유운과 같은 검술의 고수가 보기엔 어디로 공격할지 빤히 보였다.

"검법이란 건 말이야, 정직해선 안 돼. 속이고 속이는, 심리전과 같은 것이지. 바로 이렇게."

두 개 검을 튕겨 낸 유운의 검이 허리를 노렸다.

다급히 그곳에 검을 가져다 댔으나…….

카칵!

"크윽!"

정작 검이 스치고 지나간 자리는 왼쪽 어깨였다.

다행히 큰 상처는 없었다. 단단한 보호구의 도움이 없었다면 왼쪽 팔이 어깨서부터 잘려 나갔을 터였다.

"그걸 막아? 이거 점점 탐이 나는데 말이야."

유운의 눈동자가 욕망으로 번들거렸다. 마치 이미 승리를 이룬 것만 같은 오만함이 느껴졌다.

'역시 이걸론 안 되나.'

고작 몇 번의 부딪침이지만, 그 차이를 실감할 수 있었다.

상대는 티벌트를 애송이로 여길 정도로 무예를 갈고닦은 검법의 고수다.

아무리 능력치 상으로 우위에 있다고 해도 그 한계가 명확할 수밖에 없었다.

그렇다면 방법은 하나.

내가 검법의 고수가 되면 된다.

이 무슨 얼토당토않은 말인가 싶지만, 그에겐 불가능을 가능으로 바꿀 수 있는 무기가 있었다.

"음과 양이 하나가 되니, 이것이 곧 태극이라."

간장과 막야 2개 검을 모두 모아야만 발휘할 수 있는 격, 태극검을 발동했다.

태극검은 고대에 간장과 막야를 쥐고 쥐었던 이름 모를 고수가 창안한 검식이다.

공격보다는 수비에 중점을 둔 것으로, 후발제인(後發制人 : 뒤에 손을 써서 상대방을 제압한다)에 그 검의를 두고 있다.

격을 발동한 순간부터 정훈은 태극검을 창안한 고수가 빙의한 상태가 되었다.

'보인다.'

그 결과가 눈앞에 펼쳐졌다.

조금 전까지만 해도 예측조차 할 수 없었던 유운의 검식, 그 궤적이 선명하게 눈에 들어왔다.

몇십 년간 검술을 연마한 대가의 시야를 가지게 된 것이니 당연한 일이었다.

하지만 경로가 보인다 해서 섣불리 공격하는 일은 없었다.

태극검의 묘리는 상대의 수를 읽고 그에 대응하는 것.

쇄도하는 검을 쳐 내며 천천히 압박을 가하기 시작했다.

'이럴 수가!'

시간이 지나면 지날수록 유운의 놀람은 커져만 갔다.

불과 조금 전까지만 해도 어설프기 그지없었던 검식이 놀라울 정도로 정교해졌기 때문이다. 아니, 그건 정교의 수준을 넘어서는 것이었다.

'흡사 달인을 마주한 것 같지 않은가.'

그것도 유함에 중점을 두어 수비를 펼치는데, 어떻게 파고들 틈을 찾기가 힘들었다.

마치 거대한 벽과 마주하고 있는 것과 같은 기분이 들 정도였다.

'제길!'

무슨 수작을 부렸는진 모르겠으나 인정해야만 했다, 지금의 자신으로선 상대의 검식을 파훼할 수 없다는 것을.

'그렇다면 힘으로 부러뜨린다.'

변화로 제압할 수 없으니 힘으로 부러뜨린다.

마침내 결심이 선 유운의 의천검에서 녹색 기운이 줄기줄기 뿜어져 나오기 시작했다.

회심의 일격을 통해 단번에 검식을 깨뜨리겠다는 의도.

"하압!"

힘찬 기합성을 터뜨린 유운은 검과 하나가 된, 신검합일身劍合一의 기세를 담아 정훈에게 쇄도했다.

'넘어왔군.'

그 변화를 지켜보던 정훈은 그제야 안도할 수 있었다.

줄곧 승기를 유지하고 있는 것처럼 보였지만, 그건 언제 깨어져도 이상하지 않을 것이었다.

그도 그럴 게 격의 발동 유지 시간이 고작 30분에 불과하기 때문이다.

현재 전투가 시작된 지 25분이 지난 상황.

만약 유운의 결심이 조금만 늦었더라면 정훈의 패배로 끝을 맺었을 것이다.

하지만 상황은 급변했다.

변화를 깨뜨리기 위해 상대는 회심의 일격을 가해 왔고, 정훈 또한 이에 맞설 준비를 마쳤다.

'한 방이라면 절대 지지 않아.'

근력을 2배 상승시켜 주는 허리띠 메긴교르드.

번개 피해를 대폭 상승시켜 주는 쇠장갑 야른그레이프.

1~9번, 무작위의 추가 피해를 주는 팔찌 드라우프니르.

그리고 번개의 정수로 더욱 강력해진 폭풍의 망치 묠니르를 갖췄다.

"내가 곧 번개이니라."

파지직!

예다의 보물이 지닌 능력 중 하나인 화신이 발동하자 그의 몸 주변으로 번개의 폭풍이 몰아쳤다.

"망치 나가신다."

모든 무구가 지닌 추가 피해와 3천이 넘는 능력치가 묠니르를 통해 발산되었다.

후웅후웅!

빙글빙글 돌아가는 몰니르가 유운을 향해 뻗어 나갔다.

"허어!"

주위 모든 것을 잊은 채 검과 하나가 되었던 유운. 하지만 그는 느낄 수 있었다.

세계를 두 쪽 낼 듯한 강력한 기운이 담긴 망치를 말이다.

감히 올려다볼 수조차 없이 까마득하게 높은 거산巨山이 다가오는 듯한 느낌이었다.

그 압도적인 기운은 감히 자신이 감당할 만한 게 아니라는 걸 직감할 수 있었다.

하지만 늦었다. 출수를 돌리기엔 너무 멀리 와 버린 탓이었다.

"으아아압!"

이대로 죽을 순 없다.

그는 자신의 생명 에너지라 할 수 있는 진원진기마저 태웠다.

이 놀라운 힘은 고스란히 의천검에 담겼고…….

우우우웅.

의천검은 주인의 위기를 깨달은 듯 요란한 검명을 토했다.

녹색을 넘어서 파랗게 변한 기가 폭풍과도 같이 뿜어져 나오며 주변을 찢어발겼다.

그렇게 서로 다른 두 기운, 날카로운 칼날의 기세를 품은 의천검과 거산의 육중함을 담은 묠니르가 충돌했다.

　팍!

　엄청난 기운이 충돌했지만, 큰 소음이 발생하진 않았다.

　마치 조금 전의 모든 게 거짓말이었던 것처럼 정적만이 장내를 지배했다.

　짝짝.

　그 정적을 깬 것은 유운이었다.

　바닥을 구르고 있는 묠니르 위, 그곳에 선 그는 난데없이 손뼉을 치고 있었다.

　놀라운 건 갑작스러운 행동이 아닌 그의 외형이었다.

　탱탱한 피부는 나무의 겉면과 같이 거칠어졌고, 가을의 낙엽처럼 머리칼이 우수수 떨어지고 있었다.

　진원진기를 모두 사용한 탓이었다.

　지금 그에게선 생명의 기운을 한 톨도 찾을 수 없었다.

　"대단하군, 대단해."

　죽음의 순간이 찾아왔음에도 감탄을 반복했다.

　"얼마 전에 봤을 때만 해도 이 정도의 실력은 아니었던 것 같은데. 어떻게 그리 성장할 수 있었지?"

　과연 수련에 살고 수련에 죽는 이스턴 출신다운 호기심이 아닐 수 없었다.

　"죽는 순간에도 그런 게 궁금한가?"

"하하, 그도 그렇군. 이제 죽을 놈이 그런 걸 알아서 뭐 한다고."

멋쩍은 듯 머리를 긁적이던 유운이 손을 내밀었다.

"후회 없는 대결이었다."

자신을 죽음으로 이끈 장본인에게 악수를 청하다니. 정훈으로선 이해할 수 없는 사고방식이었다.

'이놈들의 특징이지.'

하지만 죽음보다 명예를 중요시하는 진정한 무인武人. 그 올곧음이 그리 싫진 않다.

"잘 가라."

그렇기에 마지막 악수를 거절하지 않았다.

"그리고 이건 당부이자 경고인데, 오른쪽 중지에 검은 용 문양 반지를 낀 자를 만나면 뒤도 돌아보지 말고 도망가."

"용 문양 반지?"

"그래."

"강자인가?"

"강하다는 말로 표현할 수 없는 자. 감히 언급할 수 없는 자. 모든 것을 말살하는 자. 그리고 모두의 위에 설 자."

그것을 말하는 유운의 눈동자엔 두려움이 서려 있었다.

죽음조차도 별거 아닌 듯 여기는 이가 떠올리는 것만으로 몸을 떨다니.

정훈으로선 그 존재를 상상하는 것조차 힘들었다.

"그걸 왜 내게 말해 주는 거지?"

"죽기 직전의 호의라고 해야 할까. 아니면 날 이긴 자가 조금 더 오래 살기 바라서일까?"

그러면서 유운은 의미심장한 미소를 지었다.

투툭.

허물이 벗겨지듯 그의 육신이 붕괴되어 갔다.

"호의는 여기서 끝. 부디 내 말을 명심하기 바라. 그래야 그 목숨을 조금이라도 연명할 수 있을 테니."

그것이 마지막이었다.

모래성이 허물어지듯 그의 육신이 가루가 되어 폭삭 내려 앉았다.

그 정도가 되기까지 생명력을 쥐고 있었던 건 정훈에게 마지막 당부를 남기기 위해서였을 터.

'하여간 이해 안 되는 놈들 같으니.'

나쁠 건 없었다. 경계해야 하는 새로운 대상에 대한 단서를 얻었으니 말이다.

가루가 되어 흩어지고 있는 흔적을 바라보던 정훈은 이내 감상을 접었다.

대신 바닥을 구르는 상대의 전리품을 챙기곤 고개를 돌렸다.

잠시 잊고 있었으나 이곳은 부의 관리자라 칭해지는 왕의 창고였다.

'그러고 보니 매번 게임에서 허탕을 친 건 이런 녀석들 때문이었나.'

왕의 열쇠도 없이 어떻게 들어왔는진 모르겠으나 매번 창고가 빈 건 유운과 같은 존재들 때문이 아니었을까.

'지금은 달라졌지만.'

주변을 둘러보자 온갖 휘황찬란한 보물이 그를 반겼다.

무구부터 시작해 값비싼 가격에 팔아넘길 수 있는 각종 보석과 희귀 재료들이 가득했다.

일일이 확인할 시간은 없었다. 궁전의 변고를 애타게 기다리고 있을 이들이 생각난 것이었다.

"모든 게 나의 손에."

렐레고의 부적을 통해 모든 전리품을 손에 넣었다.

유일하게 거른 게 있다면 한쪽 구석에 가득 차 있는 마법 폭탄.

약간의 충돌이나 시동어만으로 강력한 폭발을 일으키는 아주 위험한 물건이었다.

'휘유, 예상보다 더 많은데.'

예상보다 훨씬 많은 양. 짐작건대 이 많은 게 모두 터진다면 엄청난 폭발이 일어날 게 분명하다.

'궁전의 반은 날아가겠군.'

그리고 그 범위 안에 포함된 모두가 소멸하고 말 것이다.

'계획을 변경해야겠어.'

한참 생각에 잠겨 있던 정훈은 애초의 계획을 수정했다.

본래는 창고 안에 잠자고 있던 마법의 폭탄을 이용해 내부의 소란과 성벽을 허물어 하데스 진영이 쉽게 진입할 수 있도록 돕는 것이었다.

'이 정도면 녀석들에게도 큰 타격을 줄 수 있을 테니.'

운이 따라 주기만 한다면 목적한 바를 쉽게 이룰 수도 있을 터였다.

두뇌가 맹렬하게 회전하기 시작했다.

손익을 따지던 그는 마침내 결심을 내렸다. 그와 함께 무장이 바뀌었다.

무기는 지금껏 거의 손대지 않았던 지팡이였다.

뱀 2마리가 서로 얽혀 있는 그것은 케리케이온.

이와 더불어 날개 달린 샌들 탈라리아와 깃털이 달린 녹색 모자 페타소스가 함께했다.

3개 무구는 세트 아이템으로, '전령의 신' 효과를 발휘한다.

비행, 그리고 어떤 장애물과 공간에 구애받지 않고 이동할 수 있으며 그 이동속도는 500퍼센트가 상승한다.

본래는 3개 세트를 갖추고 있지 않았지만, 조금 전 왕의 창고에서 얻은 것 중 페타소스가 포함되어 있었던 탓에 마침내 완성시킬 수 있었다.

지금 이 순간 정훈은 세상의 그 어떤 무엇보다 자유롭고 빠른 존재가 되었다.

물론 지속 시간은 10분. 그 안에 승부를 봐야만 했다.

허공을 날은 그가 곧장 왕의 창고 위를 향해 쏘아져 나갔다.

곧 천장이 막았으나 상관없었다.

마치 유령이 된 듯 천장을 뚫고 지나갔다.

"으, 으악! 유령!"

"유령은 무슨. 너도 유령이야."

"적이다. 적이 침입했다!"

모습을 감출 생각 없이 마음껏 활개를 치고 다니는 정훈으로 인해 한바탕 소란이 일었다.

하지만 이에 아랑곳하지 않았다.

어차피 이것 또한 계획에 포함된 것이었다.

정훈은 소란은 안중에 두지도 않은 채 한 곳을 향해 곧장 나아갔다.

지리야 이미 외우고 있었던 터라 얼마 지나지 않아 목적한 곳에 당도할 수 있었다.

핏빛과 같이 새빨간 카펫이 깔린 황금의 왕좌.

그곳엔 불길한 기운을 두르고, 검은 드레스로 몸을 치장한 창백한 여인이 있었다.

재앙의 여제 헬.

하데스를 몰아내고 죽음의 궁전을 차지한 마지막 3대 재앙이었다.

"여어, 오랜만이다."

정훈이 반갑게 인사했다.

대상은 헬이 아닌 그녀의 양옆에 익숙한 두 존재를 향한 것이었다.

-네, 네놈은……!

-네 녀석이 죽을 자리로 기어들어 왔구나.

장내에 울려 퍼지는 비명과도 같은 음성.

그 주인공은 펜릴과 요르문간드였다.

정훈에게 당해 육신은 소멸당했지만, 그들의 누나가 누구인가.

바로 죽은 자들의 세계를 다스리는 여제인 헬이었다.

그녀의 보살핌으로 이곳에서 호의호식하고 있었던 것.

-저 녀석이 너희가 말한 그 인간이로군.

그 반응을 본 헬 또한 상황을 파악할 수 있었다.

그녀의 몸을 둘러싼 죽음의 기운이 더욱 짙어졌다.

감히 자신의 형제를 죽음으로 이끈 인간을 응징하기 위함이었다.

"쯧. 너희도 참 한심하다. 오갈 데가 없어서 누나한테 빌붙어 있냐."

혀를 찬 그가 고개를 젓는 시늉을 했다.

어딜 봐도 도발하려는 의도가 명백했다.

-이놈!

-사지를 갈기갈기 찢어 주마!

분노한 펜릴과 요르문간드가 뛰쳐나왔다.

"아이고, 1대1로는 안 되겠나 보지? 이걸 어쩌나. 다굴은 싫은데."

끝까지 약 올리는 것을 잊지 않은 정훈이 바닥으로 꺼졌다.

옥좌에 도착했던 길을 되짚으며 다시금 왕의 창고로 돌아갔다.

'잘 따라오고 있군.'

물론 추격하는 존재의 감시를 게을리하지 않았다.

거대한 3개 기운이 맹렬한 속도로 뒤를 쫓고 있었다.

장애물에 구애를 받지 않는 정훈을 따라잡을 정도의 엄청난 속도였다.

감히 여유를 품을 순 없었다. 젖 먹던 힘을 다해 왕의 창고를 향해 달렸다.

'왔다!'

마침내 그는 왕의 창고에 도착할 수 있었다.

덜컥.

이미 잠금이 풀린 상태였던 창고의 문 또한 동시에 열렸다.

그들이 누구인지 확인할 필요는 없었다.

"모르스."

고대어로 죽음. 마법의 폭탄을 터뜨리는 시동어를 외쳤다.

그리고 그와 동시에…….

"내 존재의 흔적마저 사라지니."

퀴네에의 격, 차원과의 단절을 사용했다.

콰콰콰콰콰콰콰쾅!

그리고 엄청난 양의 폭탄이 연쇄 폭발을 일으켰다.

다음 권으로 이어집니다

ROK MEDIA
다크문 현대 판타지 장편소설
나만 공략법을 알고 있다
레벨 1의 삼류 배우, 몽키스패너 하나 들고
마신의 세계에 진입하다?
기억을 가진 채 부활할 수 있는 기억 보존자 이태성
단 한 번도 막지 못한 강력한 마계의 군대
남은 시간은 고작 1년, 남은 기회도 한 번
이 마지막 기회로 지구를 지켜라!
용사 양성소 홀리랜드와 마신탑을 미친 속도로 돌파
최후의 적 72마신에 맞서라!
#공략법 #카리스마 #통솔력
레벨 빼고 다 가진 군주가 나타났다!

꿈의 도약, 로크에서 하십시오
(주)로크미디어에서 신인 작가를 모십니다

즐거운 세상, 로크미디어는 꿈을 사랑하고 도전을 두려워하지 않는 작가 분들의 참신한 작품을 기다리고 있습니다. 21세기 장르 문학계를 이끌어 갈 차세대 선두 주자 (주)로크미디어에서 여러분의 나래를 활짝 펴 보시길 바랍니다.

모집 분야 판타지와 무협을 포함한 장르 문학
모집 대상 아마추어 작가, 인터넷 작가
모집 기한 수시 모집
작품 접수 시 유의 사항
1. 파일명은 작가명_작품명.hwp형식을 갖춰 주십시오.
1. 파일에 들어갈 내용은 다음과 같습니다.
   - 성명(필명인 경우 실명을 밝혀 주세요), 연락처, 이메일 주소
   - 제목, 기획 의도
   - A4용지 1장 분량의 등장인물 소개
   - A4용지 2장 분량의 전체 줄거리
   - 본문
1. 작품이 인터넷에 연재되고 있다면, 게시판명과 사이트의 구체적이고 정확한 주소를 기재해 주십시오.

선택된 작품은 정식 계약 후 출판물로 간행되어 전국 서점에 유통됩니다.
작가 분은 (주)로크미디어의 전폭적인 지원하에 전속 작가로 활동하시게 됩니다.
※ 자세한 내용은 로크미디어 홈페이지(rokmedia.com)를 참조하세요.

(03920)서울시 마포구 성암로 330 DMC첨단산업센터 3층 314호
(주)로크미디어 편집부 신간 기획 담당자 앞
전화 : 02 - 3273 - 5135
www.rokmedia.com   이메일 : rokmedia@empas.com

DOCTOR

수어재 현대 판타지 장편소설 닥터매직

MAGIC

심정지 환자의 골든타임은 4분!
그의 손을 거치면 죽은 사람도 되살아난다!

역병의 치료를 위해 인체 실험을 했다가 사형된 마법사
대한민국 고 3 이수비로 눈뜬 후
전생의 한을 품고 흉부외과 의사의 길을 걷다!

생체 에너지를 볼 수 있는 능력인
'직관적 투시'를 얻은 그는
남몰래 수술 중에 부당하게 사망한 사람을 살리며
부조리로 가득한 병원과 싸우기 시작하는데……

인세를 꿰뚫어 보며 인술을 실천하는 그의 이명은
'닥터 매직'!
환자가 있는 그곳이 그의 전장이 된다!